DAS GEWAGTE SPIEL DES HÜTERS

DIE TIMBERWOLF-LODGE
BUCH 2

VIVIAN AREND

Das gewagte Spiel des Hüters
Copyright © 2024 Arend Publishing Inc.
ISBN DIGITALES BUCH: 978-1-998508-22-8
ISBN TASCHENBUCH: 978-1-998508-23-5
Herausgegeben von Angie Ramey
Cover-Design von Croco Designs
Übersetzung: Anna Drago

1

Verdammte Libido.

Stacy Moraine starrte düster über den Rasen zu ihren drei Jungs, die – na ja, *herumtollen* war das einzig passende Wort. Sie sprangen und hüpften herum, aufgedreht wie junge Welpen. Mit ihren zehn, sechs und fünf Jahren war der perfekte Vergleich zu herumtollenden Welpen tatsächlich perfekt.

Es war wunderbar. Wirklich wunderbar. Das Trio, das fröhlich auf dem Rasen der Timberwolf Lodge spielte, war alles, was Stacy sich erhofft hatte. Dass sie sicher und frei waren, sie selbst zu sein, ließ ihr Herz vor Freude pochen.

Was allerdings ihren Kopf pochen ließ, war der Mann, über den sie sprangen und hüpften: Delaney Vezina. Der Mann mit den kräftigen Bizepsen und muskulösen Unterarmen, dem ordentlich gestutzten schwarzen Haar, dem gepflegten Bart und dem fast zu hübschen Gesicht mit sonnengebräunter Haut. Er hätte leicht das Cover von *Royalty Today* oder *GQ* zieren können.

Meine Güte, Stacy, wie schrecklich, dass der Mann nicht

nur gut aussieht, sondern auch noch so nett ist, Zeit mit deinen Kindern zu verbringen. So unverschämt von ihm.

Sie wandte sich ab, um das widersprüchliche Gefühl in ihrem Bauch zu bändigen, und stand plötzlich ihrer Schwester gegenüber.

„Du musst so schnell wie möglich das Kochen übernehmen." Stephanie stützte die Hände auf die Knie und beugte sich vor, ihre Nase berührte fast die von Stacy.

„Wovon redest du?"

Stephanie drückte einen Daumen auf Stacys Augenlid und hob es an, um das Weiße ihrer Augen zu betrachten. „Ich hätte schwören können, dass die Frühlingsrollen, die wir zum Mittagessen hatten, noch gut waren, aber so wie du murmelst, musst du Fieber haben. Eine Lebensmittelvergiftung kann gefährlich sein."

Herrje! „Du wirst nicht darum herumkommen, ein bisschen zu kochen", blaffte Stacy und zog sich einen Schritt zurück. „Und hör auf, mich anzufassen."

Ihre Schwester kicherte. „*Sie fasst mich an.* Guter Gott, Mum und Dad haben es gehasst, wenn wir das gemacht haben."

Die kurze gemeinsame Erinnerung genügte, um Stacy zum Lächeln zu bringen. „Die Jungs machen das jetzt auch. Das ist wirklich nervig."

„Das gehört zu ihrer Jobbeschreibung. Nummer fünf auf der Liste: *Mama jeden Tag nerven.*" Stephanie packte Stacy am Arm und zog sie in Richtung Haus. „Da die Kinder immer noch in guten Händen sind, komm rein. Lass uns die letzten Entscheidungen für die Küchenrenovierung treffen, okay? Du hast Blue und Jace wahnsinnig gemacht, indem du ihre Wünsche ignoriert hast."

Es war alles so plötzlich gekommen, erkannte Stacy. „Ich bin mir ziemlich sicher, dass ich immer noch unter

Schock stehe", gab sie zu, während sie sich auf das Haus zubewegte und einen letzten Blick in Richtung der Jungs warf. „Der Umzug quer durchs Land war vor weniger als einer Woche. Und obwohl ich wusste, dass wir die Timberwolf Lodge für Gäste vorbereiten würden, dachte ich, wir hätten ein ganzes Jahr Zeit."

Es war die Antwort auf so viele Probleme gewesen. Ihre gute Freundin Cassidy Rundle hatte an einer Verlosung teilgenommen und überraschenderweise eine Öko-Lodge in der Wildnis von Jasper, Alberta, gewonnen. Den drei Frauen, Cassidy, Stacy und Stephanie, gehörten nun das majestätische Hauptgebäude und die Hütten, die auf dem Land verstreut waren.

Das war nun ihr Zuhause.

Dass in der Gegend auch ein großes Rudel Wolfswandler lebte, war ein Bonus gewesen. Sie hatten schon gewusst, dass das Unmögliche möglich war. Stacys erstgeborener Sohn Colt hatte sich im Alter von vier Monaten das erste Mal verwandelt – ein Geschenk seines Vaters, der Soldat gewesen und bei einem Auslandseinsatz getötet worden war, bevor er überhaupt erfahren hatte, dass Colt unterwegs war. Zu sagen, dass sie überrascht gewesen waren, war …

Nun, Stacy war zu diesem Zeitpunkt ihres Lebens gut darin, jegliche Skepsis zu verdrängen.

„Wir haben ein Jahr. Aber wir haben jetzt auch magische Hilfe, also wird alles viel schneller gehen." Stephanie hörte auf zu ziehen, als sie die Küche der Lodge erreichten. „Widerwillige Köchin wie gewünscht geliefert, *Sirs*. Auf zu meiner nächsten Mission."

Mit einem bezaubernden Grinsen im Gesicht salutierte Stephanie den beiden Männern in der Küche, drehte sich auf dem Absatz um und verließ den Raum.

„Hey, widerwillige Köchin. Komm und zeig mir, wie groß du bist." Jace Carter zwinkerte Stacy zu und streckte eine Hand aus.

Er sah genauso gut aus wie Del, aber er war der rauere Biker-Typ. Dunkelbraunes Haar, etwas länger, etwas ungekämmter. Jace trug verwaschene Jeans und ein blaues Flanellhemd. Typische, normale Arbeitskleidung. Es war die Ausstrahlung von Kraft, die von ihm ausging, die Stacy vorsichtig näherkommen ließ.

Nicht aus Angst, wohlgemerkt. Der Mann – ein *Wolfswandler* – hatte schon bewiesen, dass er es verdiente, mit äußerstem Respekt behandelt zu werden. Er verdiente den Respekt als Alpha des Jasper-Wolfsrudels.

„Ich muss größer sein?", fragte Stacy.

„Überhaupt nicht." Der andere Mann in der Küche war das Gegenteil von Jace. Sein sonnengebleichtes, blondes Haar war zu einem Pferdeschwanz zusammengebunden, und heute waren seine Boardshorts und sein gebatiktes T-Shirt fluoreszierend grün und orange. Blue Carter steckte seinen Hammer in den Arbeitsgürtel und schob dann einen Hocker zu den Schränken. „Wir bauen alles so, dass es passt."

Stacy betrachtete den Hocker. „So klein bin ich nun auch wieder nicht."

„Aber du hast Kinder, die klein sind", bemerkte Blue gut gelaunt.

„Und diese Arbeitsflächen müssen sowieso ersetzt werden." Jace schob sie näher zur Mitte. „Nimm eine Schüssel aus dem Schrank und tu so, als würdest du irgendwas damit machen."

„Kekse", befahl Blue. „Erdnussbutterkekse."

Jace hielt mit seinem Maßband in der Luft inne und sah

seinen Cousin stirnrunzelnd an. „Sie tut nur so. Sie kann machen, was sie will."

„Aber ich will Erdnussbutterkekse", jammerte Blue. Sein offensichtlich gespielter Schmollmund war irgendwie charmant, und Stacy unterdrückte ein Kichern.

Sie hatte keine Ahnung, wie er das machte, aber in Blues Nähe zu sein war wie ein tiefer Atemzug an einem Sommertag. Die Nervosität, die sie beim Betreten des Raums gespürt hatte, war verschwanden.

Stacy sah Blue in die Augen, während sie so tat, als würde sie rühren. „Ich rühre gerade den Teig. Ich frage mich, ob ich Schokostückchen in den Erdnussbutterkeks-Teig geben soll?"

„Niemals", sagte Blue.

„Immer", sagte Jace im selben Moment, bevor er seinen Cousin gereizt anstarrte. „Hör auf mit deinem Omega-Woo-Woo. Geh und hilf Stephanie und Cass beim Tapezieren des Badezimmers, und handle dir keinen Ärger ein."

Blue zwinkerte Stacy erneut zu, bevor sie in Richtung der Treppe zum ersten Stock schlenderte. „Oh, Ladys! Bereitet euch auf die Ankunft des großartigen Mannes vor, der ich bin."

Sein Ruf hallte die Treppe hinauf.

Er wurde von Cassidy beantwortet, Stacys bester Freundin und jetzt Co-Alpha des Wolfsrudels an Jace' Seite. „Versteck die gute Schokolade!"

Neben Stacy lachte Jace leise. Er nickte nach oben. „Cassidy wird mit den beiden alle Hände voll zu tun haben."

Die Art, wie er ihren Namen aussprach, machte klar, dass er bis über beide Ohren in Stacys beste Freundin verliebt war, auch wenn sie erst ein paar Wochen zusammen waren.

„Cass kommt schon mit ihnen klar", versicherte ihm Stacy.

„Ihr Ladys kommt mit uns allen viel zu leicht klar. Und es gefällt uns." Jace grinste breit, bevor er seine Aufmerksamkeit wieder dem Maßband zuwandte.

Stacy blickte aus dem Fenster, und ihr Herz setzte einen weiteren Schlag aus, als sie Del mit ihren Jungs beobachtete.

Delaney. War das nicht ein Gedanke, Delaney zu berühren, seinen starken Körper über ihren zu ziehen und sich in ihm zu verlieren ... Was hatte Jace gesagt? Es war *viel zu leicht*, sich vorzustellen, nackt mit Del zu sein.

Sie starrte aus dem Fenster und war geschockt, als sein Blick zu ihrem hochschnellte. Als könnte er sie durch die verspiegelten Fenster sehen. Als wüsste er, welche schmutzigen Gedanken ihr durch den Kopf gingen.

Und als sich ein breites Lächeln über Dels Gesicht ausbreitete, ließ Stacy ihre imaginäre Schüssel fallen und schlug sich die Hände auf ihre glühenden Wangen.

EIN STÜCK HIMMEL AUF ERDEN. Das ist die Timberwolf Lodge, entschied Del. Er konnte sich ein Grinsen nicht verkneifen, als er seinen Blick auf das alte Lodge-Gebäude richtete, aus dessen Badezimmerfenster im Obergeschoss Gelächter schallte.

„Mr. Del, schauen Sie", forderte Kind Nummer drei, wobei der Fünfjährige mit einer Hand an Delaneys T-Shirt zog, während es in der anderen den Basketball hielt.

„Ace, nicht schummeln", befahl der älteste der drei

Jungen seinem jüngsten Bruder. „Du musst warten, bis du an der Reihe bist."

„Kein Schummeln. Ich muss jetzt", beharrte Ace und hüpfte so auf einem Bein, dass Delaney sich fragte, ob er seinen Basketballwurf vorführen wollte oder dringend was anderes brauchte. Wie zum Beispiel einen Ausflug aufs Klo.

„Mr. Del, können wir zum Baumhaus gehen?" Blaze' leuchtend rotes Haar stand wie bei seinem Namensvetter chaotisch ab. „Kann ich dir einen Witz erzählen?"

„Ich will ihm –"

„Hör auf, ihn zu piksen."

Del war jahrelang der Alpha eines großen und unbändigen Rudels gewesen, aber jetzt, wo der Duft seiner unnahbaren Gefährtin an ihren Kindern hing, waren seine Nerven angespannter als sonst.

Er hob eine Hand. „Schluss mit dem Krawall."

Alle verstummten sofort. Was ihn in gewisser Weise zu Tode erschreckte, bis ihm klar wurde, dass er es ein bisschen zu scharf gesagt hatte. Zu viel ... Macht eingesetzt hatte.

Verdammt. So machte man keinen guten Eindruck auf sie und damit auch nicht auf ihre Mutter.

Stacy. Die Frau, die Del vom ersten Augenblick an in ihren Bann gezogen hatte. Sie duftete unglaublich. Sie *war* unglaublich – die Tatsache, dass sie Del innerhalb weniger Minuten nach seiner Begegnung einen Schlag versetzt hatte, ließ ihn sie nur noch mehr begehren. Stark, mächtig.

Perfekt.

Seine Schicksalsgefährtin, obwohl er diese Wahrheit noch lange, lange Zeit nicht ins Spiel bringen würde.

Del ließ sich ins Gras fallen und holte tief Luft. „Tut mir leid, Jungs. Es war falsch, meine Wolfsstimme bei euch einzusetzen."

Blaze fiel vor Del auf die Knie und runzelte die Stirn.

Der zehnjährige Colt ahmte Dels Haltung nach, setzte sich aber etwas weiter weg, als ob er die sicherste Distanz abschätzen würde. Nicht zu nah, nicht zu weit weg, um unhöflich zu wirken.

Ace ignorierte seine beiden Brüder und zog an Dels Armen, bis er sie öffnete und Platz machte, damit der Junge sich auf seinem Schoß niederlassen konnte.

Dels Herz war kurz davor, aus seiner Brust zu springen.

Colt hob das Kinn und sprach zuerst. Die Ältester-Bruder-Tapferkeit drängte sich in den Vordergrund. „Du warst der Alpha des Rudels. Das bedeutet, dass du mächtig bist."

„Das stimmt. Aber das bedeutet nicht, dass ich ein Arschloch sein darf" – er korrigierte sich sofort, als Blaze' Augen sich weiteten – „ich meine, ein Idiot, der Macht einsetzt, wenn sie nicht gebraucht wird. Also entschuldige ich mich. Es war nicht richtig."

Ace tätschelte sein Gesicht. „Schon okay. Ich sehe, dass es dir sehr leidtut."

Del schmunzelte. „Es tut mir sehr leid. Danke, dass du mich nicht in die Auszeit geschickt hast."

„Ich mag Auszeiten nicht." Ace schniefte und sprach sehr leise. „Einmal habe ich eine Auszeit bekommen, weil ich Robby in der Kindertagesstätte gebissen habe. Er war gemein, aber Mama sagt, ich muss meine Worte benutzen, nicht meine Zähne."

„Du hast eine sehr weise Mama", versicherte ihm Del. „Nur braucht man als Wolf manchmal Zähne."

Colt holte tief Luft. „Kannst du uns mehr erzählen? Über das Rudel, meine ich. Und darüber, ein Wolf zu sein?"

„Wir haben keine Wölfe, Ace und ich", sagte Blaze. „Aber wir sind trotzdem ein Rudel, oder?"

„Ich bin gern ein Wolf", nickte Ace. Er fletschte vorsichtig die Zähne, als wollte er Dels Reaktion abschätzen. „*Grrrr.*"

„Du bist ein sehr guter Wolf", sagte Del zu Ace, bevor er Blaze und Colt in die Augen sah. „Mit der Zeit werdet ihr mehr über das Rudel und Wölfe lernen. Aber ja, ihr seid alle Teil des Rudels. Cassidy und Jace sind eure Alphas. Blue ist euer Omega, und ihr habt viele Rudelkameraden."

„Und du bist der *Hütter*", verkündete Ace vergnügt.

„Hüter", korrigierte Colt, bevor er seufzte. „Ich möchte mehr darüber lernen, wie es ist, ein Wolf zu sein, aber Mama macht sich Sorgen. Besonders, nachdem wir im Wasser festgesessen haben."

Die Erinnerung daran ließ Del das Blut in den Adern gefrieren. Tage zuvor war Stacy einer falschen Wegbeschreibung gefolgt, und sie und die Jungs waren in ihrem Minivan in einem über die Ufer getretenen Fluss gefangen gewesen. Es war ein Wunder, dass sie gerettet worden waren, dank der Zusammenarbeit von Jace, Del und Blue. Einer der Gründe, warum Del an diesem Tag Zeit mit den Kindern verbrachte, war, dass er sicherstellen wollte, dass sie sich vollständig erholt hatten. Bis zu diesem Moment hatten sie die Beinahe-Katastrophe nicht einmal erwähnt.

„Wie geht's euch Jungs nach eurem Bad im Fluss?", fragte Del vorsichtig.

„Ich hatte einen gruseligen Alptraum", verkündete Ace aufgeregt. „Es hat geregnet und geregnet und dann hat mich die Toilette verschluckt!"

„Oh, sehr gruselig", stimmte Del zu. Er sah Blaze an. „Hattest du irgendwelche Alpträume?"

Die roten Haare des Jungen flogen, als er den Kopf schüttelte. „Nein. Du warst ein guter Helfer. Und Colt hat sich gewandelt und ist mit mir und Ace ins Bett gekommen. Also war das okay."

„Freut mich, das zu hören." Del betrachtete Colt. „Kümmere dich gut um deine Brüder."

Colt zuckte die Achseln und nickte dann. „Ich bin gern mit ihnen zusammen. Es macht mich glücklich da drin", sagte er und legte eine Hand auf seine Brust.

„Wahrscheinlich, weil dein Wolf ein Wolf ist, der hilfsbereit sein muss." Etwas an dem Jungen ließ Del grübeln.

„Vielleicht. Deshalb würde ich gern mehr erfahren. Ich will Mum nicht verärgern, aber ich muss es herausfinden. Kannst du mir irgendwie helfen, ohne ihr Angst zu machen?"

Denn Stacy Angst zu machen war das Letzte, was er wollte, und Del nickte. „Ich denke schon. Lass mich mit Jace und Blue reden und sehen, was uns einfällt." Er drückte Ace einen Moment lang und setzte ihn dann neben seine Brüder, die alle in einer Reihe saßen und ihn aufmerksam beobachteten. „In der Zwischenzeit müssen wir eine ernste Rudelaktivität üben. Seid ihr bereit?"

Drei Augenpaare richteten sich auf ihn. „Ja, Sir", sangen sie im Chor.

Del klopfte sich auf den Bauch, dann auf die Brust. „Fangt hier an, zieht all eure Kraft in euer Herz und dann lasst es krachen."

Er warf den Kopf in den Nacken und heulte.

Drei kleine Jungen stimmten mit ein, quietschende Soprane über seinem kraftvoll klingenden Tenor. Es war pure Magie, und in Del drehte sich ein Schlüssel. Öffnete etwas. Einen Ort, von dem er nicht einmal gewusst hatte, dass er ihn verschlossen hatte.

Freude. Magie.

Familie.

Das war es, wonach er sich gesehnt hatte. Er hatte jahrelang darum gekämpft, das Richtige zu tun. Alpha des Jasper-Rudels zu sein, war in mancher Hinsicht eine Belohnung gewesen, in anderer eine Strafe. Aber dieser Moment war pure, süße Freude, die Akzeptanz und das Glück im Geheul der Jungen –

Del wollte das für immer.

Er wollte für immer mit seiner Gefährtin Stacy zusammen sein. Wollte eine Familie mit ihr an seiner Seite haben. Er wusste, was in seinem Leben gefehlt hatte, und er würde alles tun, was nötig war, um es wahr werden zu lassen.

Das bedeutete, dass er dringend ein ernstes Gespräch mit seinem neuen Alpha führen musste.

Er schnaubte amüsiert. Er würde auf eine ganz neue Art listig werden, denn *Alpha* bedeutete nicht mehr nur seinen Cousin Jace. Del konnte es kaum erwarten, mit Cassidy, Jace' Gefährtin, zu plaudern.

Einen Weg nach vorn finden und seinen Cousin ans Bein pinkeln? Rundum ein Gewinn.

2

„Komm mit!", befahl Cassidy.

Stacy legte den Kopfsalat, den sie gerade schneiden wollte, auf die Arbeitsfläche zurück. „Wenn wir zu Abend essen wollen, muss ich mich bald an die Arbeit machen", warnte sie.

„Wir werden pünktlich zu Abend essen. Ich brauche dich und Steph aber sofort für ein wichtiges Meeting." Cassidy stapfte die Treppe hinauf, ohne zu warten.

Seit sie in der Timberwolf Lodge angekommen war, hatte Stacy die subtilen Veränderungen bei ihrer Freundin und Schwester beobachtet. Beide waren noch immer die soliden und verlässlichen Felsen, mit denen sie jahrelang eng befreundet gewesen war. Aber jetzt war da ... mehr.

Besonders bei Cassidy, entschied Stacy. Während ihre Freundin immer stark und entschlossen gewesen war, zeigte sie jetzt ein Maß an Selbstvertrauen, das über Kühnheit hinausging. Als ob Cassidy eine neue Kraftquelle in sich selbst erschlossen hätte.

Aber sie war immer noch ihre beste Freundin, also vertraute Stacy ihr, als Cassidy sie durch eine

12

wunderschöne Suite auf der Westseite der Lodge führte. Zwei großzügige Schlafzimmer, jedes mit eigenem Bad, lagen auf beiden Seiten eines gemeinsamen Wohnzimmers, in dem sich zwei Sofas, zwei Sessel, ein Fernseher und ein kleiner Küchenbereich mit einem Tisch befanden, der groß genug für sechs Personen war.

Cassidy stieß eine Glastür zum Wohnzimmer auf und führte Stacy auf eine Veranda.

„Das auf der rechten Seite ist deins."

Das fragliche Objekt war ein Zweiersofa mit dicken Kissen mit Blumenmuster und einer superweichen hellgrünen Decke, die über die Rückenlehne drapiert war. Das Zweiersofa und zwei weitere Sessel standen unter einem riesigen Sonnenschirm und bildeten eine schattige Ecke, in der man an diesem warmen Frühsommertag entspannen konnte.

Die Aussicht war spektakulär. Die Suite lag auf der Rückseite des Hauses, in dem, was Stacy als den „eleganten Flügel" bezeichnete, und überblickte den Timberwolf Lake und die Cottages. Auch die Berge im Westen waren zu sehen, und Stacy sank in die weichen Kissen und zog glücklich die Beine unter sich an. „Wunderschön."

Stephanie setzte sich auf Sessel Nummer zwei, die Hände um eine große Tasse Tee geschlungen. Sie streckte die Beine vor sich aus, die Füße ruhten auf dem Holztisch. „Ist es nicht einfach großartig? Hier zu sitzen ist eine süße Belohnung nach einem Arbeitstag."

„Ich habe noch zu arbeiten", sagte Stacy erneut, als Cassidy sich auf einem Stuhl neben ihr niederließ. „Und du machst mir ein schlechtes Gewissen. Willst du ein paar meiner Kissen?", fragte sie ihre Freundin und griff schon hinter sich danach.

Der Sessel ihrer Freundin war aufrechter. Schwarz und

kupferfarben, und ganz hübsch, aber mit Fokus auf Stabilität und ohne Polsterung.

Cassidy blinzelte einen Moment und grinste dann. „Nein. Denk dran, wir sind die drei Bären. Du bist Mama Bär, die es weich mag. Ich bin Papa Bär, der auf einer Sperrholzplatte schlafen kann."

„Und ich bin Baby Bär, das es immer genau richtig will." Stephanie nippte an ihrem Tee, ihre Augen glänzten vor Vergnügen. „Denk in einer Minute daran."

Also gut. „Wenn ihr beide erstmal in Fahrt seid, gibt es keine Diskussion mit euch." Stacy starrte über den ruhigen Garten. Ihre Jungs waren mit Blue in die Stadt gefahren, um Lebensmittel einzukaufen, und jetzt spürte sie ein ganz merkwürdiges Kribbeln im Bauch. „Ich bin mir nicht sicher, worum es bei diesem Treffen geht, aber das muss ich zuerst sagen. Es ist so ein komisches Gefühl, wenn die Jungs von mir weg und nicht bei einem von euch sind. Und doch, egal, wie sehr ich versuche, mir Sorgen zu machen, ich schaffe es einfach nicht."

Stephanie stellte ihre Tasse ab. „Blue würde sagen, das liegt daran, dass er magisch ist." Sie wedelte mit den Fingern in der Luft, eine Mischung aus Jazzhänden und Feenstaub.

Cassidy schnaubte. „Blue ist Bullshit und Charme in viel zu hoher Konzentration."

„Stimmt", pflichtete Stephanie ihr bei, bevor sie sich Stacy zuwandte. „Wir haben ein bisschen mehr Zeit damit verbracht, das ganze ‚Leben mit Wölfen'-Spiel zu spielen. Ich glaube, es liegt am Rudel und an den Bindungen, von denen sie reden. Nicht nur sind die Jungs und du Teil des Rudels, Blue hat auch dieses spezielle Omega-Superkraft-Ding. Niemand legt sich mit den Jungs an, wenn sie mit ihm unterwegs sind."

„Oder mit Jace oder mir", sagte Cassidy mit einem zufriedenen Grinsen. „Alpha zu sein ist ein ziemlicher Kick. Ich lerne immer noch, was das genau bedeutet, aber bis jetzt ist es cool."

„Du bist immer gut damit zurechtgekommen, das Sagen zu haben", bemerkte Stacy. „Besonders, wenn du wirklich Entscheidungen treffen durftest und nicht von Bossen, die einen bis ins kleinste Detail kontrollieren wollen, in eine Schublade mit Erwartungen gedrängt worden bist."

Cassidy zeigte auf sie. „*Genau*. Wenn jemand sich in seinem Job auskennt, dann lass ihn die Arbeit machen."

Oh-oh. „Ich bin direkt in deine Falle getappt, oder?", fragte Stacy. „Ich kenne diesen Gesichtsausdruck", sagte sie und schnippte mit dem Finger in Richtung von Cassidys hochgezogener Augenbraue. „Und diesen hier." Dann zeigte sie auf Stephanie, die offensichtlich Schadenfreude ausstrahlte. „Spann mich nicht auf die Folter."

Ihre Schwester zuckte mit den Schultern. „Jace will, dass du diese Zimmer bekommst."

„Was?" Stacy war hin- und hergerissen, ob sie noch einmal durch die Suite rennen oder sich verstecken sollte. „Das ist die beste Suite im Haus. Wir können sie für einen unverschämten Preis an die ganz *Wichtigen* vermieten, wie du sie immer genannt hast."

„Erstens werden wir nie an die ganz *Wichtigen* vermieten. Nicht in dieser Lodge", sagte Cassidy ruhig. „Jace hat mir gesagt, dass diese Zimmer zu groß für ein Paar, aber perfekt für eine Familie sind. Da du gesagt hast, du möchtest im Haus und nicht in einem Cottage sein, bedeutet das, dass du und die Jungs trotzdem ganz privat leben könnt. Das Schlafzimmer nach Norden ist groß genug für ein Dreierstockbett. Und du bekommst ein eigenes

Großes-Mädchen-Zimmer, weil du nicht nur Mutter, sondern auch ein Mensch bist."

Ihre Schwester legte eine Hand auf ihr Knie. „Bevor du anfängst zu meckern, Stace, lass mich dir sagen, dass ich eine andere der besten und hellsten Suiten für mich genommen habe. Sie ist gleich neben dem Spa, das ich gerade einrichte, also kann ich bequem arbeiten und trotzdem raus, wenn ich frische Luft brauche." Stephanie warf Cassidy einen Blick zu. „Jace und Blue sind große Unterstützer des Rah-Rah-Frischluftclubs."

„Del auch. Das heißt, die Führung ist vollkommen einverstanden." Cassidy zuckte die Achseln. „Jace und ich haben uns entschieden, eines der Cottages zu nehmen, weil sein Wolf sich dort wohler fühlt als im Haus. Wenn du vernünftig bist und Ja sagst, ist damit alles geregelt, und wir können mit den Renovierungsarbeiten weitermachen. Die Pläne für die große Wiedereröffnung fertigstellen."

Das ergab Sinn, dachte Stacy. „Es ist eine wunderschöne Suite, und ich wäre hier glücklich. Also danke."

„Wir alle verdienen ein bisschen Komfort und ein schönes Umfeld, denn wir werden in der nächsten Zeit auch hart arbeiten." Stephanie zog irgendwo ein Notizbuch hervor. „Blue hat mir einen Zeitplan mit den Fertigstellungsterminen der Bauarbeiten gegeben. Jace hat eine Liste mit anderen Aufgaben zusammengestellt, die erledigt werden müssen, um Wölfe hierher zu bekommen. Und Del hat Sicherheits- und andere Vorschläge, die wir irgendwann durchgehen müssen."

Die Erwähnung von Del ließ Stacys Bauch flattern. Sie scheuchte die Schmetterlinge beiseite. „Was sind die wichtigsten nächsten Schritte?"

„Unser Ziel ist, für ein verlängertes Septemberwochenende für eine kleine, sorgfältig ausgewählte Gruppe früherer Besucher bereit zu sein." Cassidy hob die Finger. „Bauarbeiten und Reparaturen müssen abgeschlossen werden. Dekorieren und lustige Sachen wie Gartenarbeit. Wir haben eine Haushaltshilfe eingestellt, weil wir das nicht allein machen. Stacys Spa ist bis dahin so eingerichtet, dass sie ein paar Behandlungen anbieten kann."

„Und du in der Küche mit dem Fleischermesser." Stephanie rieb ihre Hände aneinander. „Zeit zum Träumen, Schwesterherz. Einfache Mahlzeiten für den Alltag. Specials für besondere Wochenenden. Vielleicht das Degustationsmenü, das du schon immer mal ausprobieren wolltest."

Es war wie ein wahrgewordener Traum. „Und Hilfe in der Küche?"

Cassidy nickte. „Jace' Cousin Pete. Nicht als dein Souschef, denn das wäre eine Katastrophe für sein Ego. Aber er sagte, er kann ein paar der Köche, die er in seinem Restaurant ausgebildet hat, entbehren. Das heißt, sie wissen, was sie tun, tun aber, was du sagst, ohne dir auf die Nerven zu gehen."

„Und was die Jungs angeht, wirst du die beste Tagesstätte vor Ort haben, die es je gab", versprach Stephanie. „Du kannst sie sehen, wann immer du willst, aber sie werden auch mehr Spaß haben, als wenn sie in der Küche rumhängen."

Das war mehr als ein Traum. Stacy schüttelte den Kopf. „Wie konnten wir nur so viel Glück haben?"

In der Frage fehlten die Details. Wie der großartige Umstand, dass Colt unter Wölfen sein konnte. Einen Ort zu haben, an dem alle drei Jungs sicher waren. Einen Ort zum Kochen und Entspannen und um mit ihren Freundinnen zusammen zu sein und ...

Ihre Freundin beugte sich vor und begegnete ihrem Blick. „Manchmal passieren guten Menschen gute Dinge. Vielleicht ist es einfach das."

Ihr gegenüber verzog Stephanie kurz das Gesicht, bevor ihr strahlendes Lächeln zurückkehrte. „Ihr seid gute Menschen. Du und Cass. Also, ja, wir haben zu tun. Und außerdem haben wir ein paar seltsame Leute, mit denen wir uns auseinandersetzen müssen – denn es gibt immer welche. Aber wir sind zusammen. Wir können alles schaffen, oder?"

Stacy hob ihre Faust und wartete darauf, dass ihre Freunde ihre zum Dreieck hinzufügten. „Power-Drillinge, aktivieren!"

Die anderen grinsten jetzt beide breit und strahlend.

„Zippy", sagte Cassidy.

„Zappity." Stephs Augen blitzten.

„*Zoom*." Stacy beendete das Ritual, als sie alle mit den Handrücken aneinander klopften und sich dann aufrichteten, als wären sie bereit zum Kampf. Sie verdrängte ihre Zweifel und Ängste und beschloss, sich darauf zu konzentrieren, die Magie des Ganzen zu genießen.

Hier in der Timberwolf Lodge gab es eine Menge zu lernen. Dinge über Wölfe und darüber, eine Küche größtenteils allein zu führen, *oh du meine Güte ...*

Aber es war ein guter neuer Schritt auf der Reise. Sie musste sicherstellen, dass sie sich unterwegs von nichts und niemandem ablenken ließ.

Ganz gleich, wie sehr sie es wollte.

~

DEL HATTE NOCH keine Gelegenheit gehabt, dieses Gespräch zu führen. Das Gespräch, das die Räder in Richtung seines ultimativen Ziels in Bewegung setzen würde. Er hatte die Jungs kaum dem grinsenden Blue übergeben, als Jace ihn dazu beorderte, bei einem Projekt zu helfen.

„Ich habe einen richtigen Job", erinnerte Del seinen Cousin, als er auf dem Dach einer der größeren Hütten stand, die näher an den Bäumen lag.

Unten am Boden grinste Jace nur. Er warf ein Bündel Schindeln auf das Dach, als wäre es ein Kissen. „Gut, dass du so ein Überflieger bist und deine Angestellten darauf trainiert hast, die Anwaltskanzlei praktisch ohne dich zu führen."

„Arsch", brummte Del. Er drehte sich um und ging auf die Knie, um die erste Reihe Schindeln festzunageln.

„Hey, das war ein Kompliment." Ein weiteres Bündel landete links von Del, nur Zentimeter von seiner Hüfte entfernt. „Schön zu sehen, dass du dich noch an körperliche Arbeit erinnerst."

„Als hätte ich das vergessen. Die Sommer waren eine perfekte Mischung aus Herumtollen und unbezahlter Arbeit für Onkel Jim hier draußen."

Ein weiteres Bündel Dachschindeln traf das Dach, diesmal noch näher. Del ignorierte es wieder. Der Bastard wollte ihn provozieren? Nein. Passiert nicht.

Eine Sekunde später erschien Jace' grinsendes Gesicht am Rand des Dachs. „Rutsch rüber und lass mich vor. Ich schneide und verlege, du nagelst."

„Natürlich. Gut, dass der mit den meisten Fähigkeiten die wichtigere Arbeit erledigt."

Es sollte eine Spitze sein, aber Jace grinste nur noch breiter. „Genau, mein Guter. Genau."

Fuck! Del nagelte die Reihe fertig, bevor er sich dem anderen Mann zuwandte. „Was hast du gemacht?"

Jace presste eine Hand auf seine Brust. „Ich?"

Del hob den Hammer und musterte die Entfernung zwischen ihnen. „Verlockend. So sehr verlockend ..."

Ein scharfes Lachen klang durch die Luft. „Ja, *nein*. Du wirst mich nicht mit einem stumpfen Gegenstand schlagen. Aber du wirst mir sehr bald überschwänglich danken."

„Dafür, dass du ein Arsch bist? Danke, das hast du wirklich drauf."

Das Geplänkel zwischen ihnen war zu erwarten. Locker und fast verspielt, war es eine Möglichkeit, einige unbehagliche Kanten des Machtgefälles zwischen ihnen auszuloten.

Als Del vor Jahren Alpha geworden war, hatte er den Job aus vielen Gründen übernommen. Doch niemals in einer Million Leben würde er zugeben, dass Jace davor zu bewahren, ein Held zu sein, als er keiner sein wollte, einer davon war.

Die Einzelheiten des Wie und Warum spielten jetzt sowieso keine Rolle. Die Spannung, zwei mächtige Alphas im selben Gebiet zu haben – sie waren immer noch auf einer sehr wackeligen Wippe.

Jace legte eine weitere Schindel aufs Dach, lehnte sich dann zurück und begegnete Dels Blick direkt. „Ich habe einen Job für dich."

Alles Scherzen war verschwunden. Bisher hatte Jace zweimal einen Alpha-Befehl verwendet und Dels Proteste und seinen Wolf übertrumpft. Das erste Mal war der Tag gewesen, als sich das Machtgefüge des Rudels verschoben hatte.

Das zweite Mal war jetzt.

Del hielt inne. „Ja?"

Potenzielle Sicherheitsprobleme kamen ihm in den Sinn. Er war schließlich der Hüter des Rudels. Oder vielleicht gab es ein juristisches Problem. Auch damit konnte Del effizient umgehen.

Sein Alpha senkte das Kinn. „Cass und ich machen uns große Sorgen."

Verdammt. Cassidy auch? Wenn beide Hälften seines Alpha-Paares besorgt waren, war das eine große Sache. Richtig groß. „Ich werde tun, was ich kann, um das Problem zu lösen", schwor Del.

„Das weiß ich. Und Cass und ich werden dir helfen, so gut wir können, aber ich denke, es ist wichtig, in dieser Angelegenheit sowohl der Tradition zu folgen als auch ein wenig vorausschauend zu sein."

Del wartete, während Jace langsam nickte, als würde er seine Gedanken sammeln.

„Wir haben eine potenzielle Bedrohung für unsere Sicherheit", erklärte Jace.

Er hatte es gewusst. Del richtete sich gerade auf. „Für das Rudel? Für dich und Cassidy?" Sein Verstand arbeitete auf Hochtouren, und die Wahrheit traf ihn wie ein Schlag. Warum war ihm das nicht früher eingefallen? „Fuck. Es geht um Stacy und die Jungs, oder?"

Jace nickte. „Mach dir keine Vorwürfe, weil du die Situation nicht früher bemerkt hast. Ich habe mir schon genug Vorwürfe für uns beide gemacht."

Del drehte sich unbeholfen um, um Jace anzusehen. „Ist das Dach wirklich der beste Ort für diese Unterhaltung?"

Sein Cousin hob eine Augenbraue. „Hier kann uns kaum jemand belauschen. Keine Technik. Ich denke also schon."

Das musste schlimmer sein, als Del es sich vorgestellt

hatte. „Erzähl mir, was du weißt. Was ist deiner Meinung nach das Problem?"

Jace sah sich um. „Colt ist ein untrainierter Wolf. Er hat zehn Jahre ohne Rudel gelebt, das heißt, er braucht Anleitung. Normalerweise würde es einem der Ältesten des Rudels zufallen, sein Mentor zu werden, aber da ihre Familie neu und Stacy mit zwei Menschenjungen hier ist, ist die Situation anders."

„Ich hatte vor, zu Cassidy zu gehen und anzubieten, mit Colt zu arbeiten", sagte Del.

Sein Cousin lachte. „Nun, gut für dich. Sie ist diejenige, die mir heute Morgen gesagt hat, dass sie gern hätte, dass jemand mit Colt arbeitet, und dass du es tun solltest."

Nichts davon war schlecht. Tatsächlich war es genau das, was Del gewollt hatte. Trotzdem ... „Du bist mir schon einen Schritt voraus, oder?"

„Gute Alphas sind das oft", stellte Jace fest. „Das warst du auch, als du das Sagen hattest."

Das stimmte. Deshalb wusste Del, dass dies nicht die einzige Aufgabe war. „Erzähl mir den Rest."

„Stacys andere Jungs. Keine Wölfe, aber sie wissen über Wölfe Bescheid. Verdammt, ihr Bruder schläft zusammengerollt bei ihnen, wenn er wandelt. Ihr Vater ist nicht mehr im Bilde, weil, und ich zitiere, *Porter Tremblant der König der Arschlöcher war.*" Jace starrte ihn finster an. „Das war Cassidys Beschreibung. Stephanie war im Zimmer, als sie es gesagt hat, und Steph wurde blass, als sie den Bastard nur erwähnt hat."

„Und jetzt, wo Stacy mit den Jungs hier ist, fragst du dich, ob er auftauchen und Ärger machen könnte."

„Das ist eine sehr reale Möglichkeit." Jace räusperte sich. „Jemand hat Stacy eine falsche Wegbeschreibung zur

Hütte geschickt. Eine Wegbeschreibung, die sie und die Jungs fast das Leben gekostet hätte."

Jedes Neuron in Dels Körper feuerte auf Hochtouren. „Glaubst du, es könnte ihr Ex gewesen sein?"

Jace schüttelte den Kopf. „Bin mir nicht sicher. Cassidy sagt, dass Porter die Scheidung zwar nicht gut aufgenommen hat, aber schnell verschwunden ist. Er schien der Meinung zu sein, dass es Strafe genug war, Stacy und die Kinder ohne Unterstützung im Stich zu lassen."

„Er hat sie doch nicht angerührt, oder?" Del brachte es kaum heraus, seine Worte waren leise und heiser vor Wut.

„Cass zufolge nicht. Verbal und emotional, ja. An dem Tag, als Stacy entschieden hat, dass es genug war, wäre die Situation vielleicht eskaliert, aber sie hatte ihre Freundinnen vorgewarnt und sowohl Cass als auch Stephanie als Verstärkung bei sich gehabt. Porter ist gegangen wie der feige Tyrann, der er war, und Cass sagte, sie hätten ihn nie wieder gesehen."

Nur gab es keinen Beweis dafür, dass er wirklich von der Bildfläche verschwunden war. Ein Sicherheitsalptraum.

Del hatte noch eine letzte Frage. „Wusste Porter über Colt Bescheid? Dass er ein Wolf war?"

„Das ist nicht klar."

Was unmöglich schien. „Wie viele Jahre hat dieser Mann mit Stacy und Colt gelebt? Er hatte zwei Kinder mit Stacy und hat Colt nie wandeln sehen?"

„Porter ist gegangen, als Stacy mit Ace schwanger war. Er hat nur anderthalb Jahre mit ihr und Colt gelebt, also ist es zwar schwer vorstellbar, aber immer noch möglich." Jace räusperte sich und wirkte einen Moment lang nervös. „Ich habe das alles von Cassidy, das heißt, es ist aus zweiter Hand. Und sie hat es mir nur erzählt, weil sie das Gefühl hatte, es mir sagen zu müssen."

Große Alpha-Gefühle konnte man nicht ignorieren. „Ich muss direkt mit Stacy sprechen."

Verdammt. Dass er über ihr Leben so viel wusste, würde nicht gut bei ihr ankommen.

Jace verzog erneut das Gesicht. „Tut mir leid, aber ja."

Del beschloss, die guten Seiten zu sehen. „Ich werde mich darum kümmern und Colts Ausbildung übernehmen. Und ich werde mich herausreden, was die Informationen über ihr bisheriges Leben angeht. Aber ich werde Blues Hilfe bei Colt brauchen. Der Junge muss ein paar Omega-Tricks draufhaben, um als Baby nicht aufzufallen."

„Kann gut sein." Jace streckte eine Hand aus. „Danke. Ich bin froh, dass du hier bist, um dich um diese Probleme zu kümmern."

Del nickte. „Gern. Und du darfst dich jetzt um den Mist auf Alpha-Ebene kümmern, wie die alten Hasen bei geschmacklosen Keksen und dünnem Tee davon zu überzeugen, dass du kein Außenseiter bist, der sich ins Rudel drängt. Wir werden gleichermaßen bestraft."

„Ich werde Whiskey mitbringen und welchen in meine Tasse schmuggeln. Es ist nur eine Strafe, wenn du nicht kreativ genug bist, es unterhaltsam zu machen." Jace verdrehte die Augen. „Den letzten Teil hat mir Blue heute Morgen erzählt."

„Verdammter Sonnenschein."

„So viel Bullshit."

Sie lächelten einander an, denn beide wussten, dass Blue der Beste von ihnen war und es immer sein würde.

Sie machten sich wieder an die Arbeit und besprachen leise andere Dinge, aber Dels Kopf schwirrte vor Ideen. Er verwarf einige und analysierte sie aus anderen Blickwinkeln. Sicherheitsfragen. Colts Ausbildung. Wie er für Stacys Sicherheit sorgen könnte. Eine Beziehung zu ihr und den Jungs aufbauen. Er hatte so viel zu tun.

Kreativ genug, um es unterhaltsam zu machen …

Als ihm die perfekte Idee kam, wäre Del fast vom Dach gefallen. Blue war ein verdammtes Genie. Nicht, dass Del das seinem Cousin sagen würde, aber trotzdem.

Er arbeitete unermüdlich weiter und lächelte vor sich hin, während er Pläne schmiedete.

3

———————

Zwischen dem gestrigen Aufmaß und dem Weckruf heute Morgen um sechs hatte sich die Küche verändert.

Stacy hatte beim Abendessen einige der Bemühungen gesehen. Die Schranktüren waren abgenommen worden, und eine Arbeitsplatte fehlte ganz. Sie, ihre Jungs und Blue hatten den Tisch und eine verbleibende Arbeitsplatte genutzt, um zu hacken, zu würfeln und sonst wie alles zusammenzustellen, was eine Gruppe von fünf Erwachsenen und drei Kindern brauchte, um Tacos zu verdrücken, bis sie bis zum Platzen voll waren. Nach dem Essen wurden sie und die Jungs aus dem Raum gescheucht und losgeschickt, um mit dem Umzug in ihre neuen Räumlichkeiten zu beginnen.

Heute Morgen sah die Küche brandneu aus.

Die drei Jungs schliefen noch in dem Zimmer, das sie ursprünglich bezogen hatten – der endgültige Umzug in die neue Suite war für später am Tag geplant, sobald Jace die Etagenbetten der Jungs fertig hatte. Sie war nach unten gegangen, um einen Menüplan auszuarbeiten. Nicht nur für heute, sondern für den Rest der Woche.

Sie blieb beeindruckt in der Tür stehen. Glänzende Edelstahlarbeitsflächen auf beiden Seiten einer Dreifachspüle, dazu ein Industriegeschirrspüler. Eine Holzarbeitsfläche mit Schachbrettmuster auf dem Abschnitt, den sie zum Backen verwenden würde. Eine schmale Speisekammertür auf einer Seite des Raums und eine breitere auf der rechten. Der größere Raum hatte Regale für Trockenwaren und einen großen Gefrierschrank.

Stacy drehte sich langsam um. Blassblaue Farbe an den Wänden, Platz für Nippes oder Gemälde. Ein riesiger Kühlschrank und alle Töpfe und Pfannen und Utensilien, von denen sie je geträumt hatte.

Kochen war sowohl ihre Liebessprache als auch ihre Komfortzone. Dinge für andere zuzubereiten war ein Nervenkitzel gewesen, als sie zum ersten Mal entdeckt hatte, wie sich Mienen allein durch das richtige Essen veränderten und Herzen erstrahlten.

Essen war keine Liebe, aber es war eine Art, sie zu geben.

Als die Möglichkeit der Timberwolf Lodge aufkam, hatte die Idee, die Chefköchin dort zu sein, sie gleichzeitig begeistert und erschreckt. Es war eine große Aufgabe, aber nicht außerhalb ihrer Kompetenz. Sie war Schnellköchin gewesen, bevor sie nach Hause gekommen war, um bei Colt zu sein. Ihre eigenen Rezepte zu entwickeln, die Menüs zusammenzustellen und sich um die Finanzen zu kümmern – eine Herausforderung, aber machbar.

Und hier würde alles angefangen. Stacy krempelte die Ärmel hoch und lächelte, als sie zu dem riesigen

Kühlschrank ging und die Tür öffnete, um zu sehen, womit sie heute Morgen arbeiten würde.

„Klopf, klopf." Ein Echo begleitete die Stimme, als Fingerknöchel den Holzrahmen der Hintertür berührten. „Guten Morgen."

Stacy trat an die Tür, um sie aufzuschließen. Die junge Frau auf der anderen Seite der Fliegengittertür hielt die Hand eines kleinen Mädchens mit Affenschaukeln.

„Hallo", sagte Stacy.

Die Frau streckte ihre freie Hand aus. „Sophie Chevron. Und das ist Dixie."

Dixie steckte ihren Daumen in den Mund und lehnte sich an das Bein ihrer Mutter.

Sophie hob Dixie hoch und drückte ihre Tochter sanft an sich. „Tut mir leid, sie ist noch müde. Ich musste sie wecken, um heute Morgen pünktlich zu sein."

Sie standen auf der Türschwelle, Stacy musterte sie, nicht ganz sicher, was los war. „Ich verstehe nicht ganz, geht es um ein Zimmer?"

Sophies Augen weiteten sich, dann erblühte ein Lächeln auf ihrem Gesicht. „Ich bin eine Ihrer Küchenhilfen. Ich wette, Pete hat vergessen, Ihnen zu sagen, dass ich komme."

O du meine Güte. Stacy wich schnell zurück und winkte die beiden herein. „Oh, das tut mir so leid! Nein, ich wusste, dass jemand kommen würde, um mir zu helfen, aber niemand hat gesagt, wann du kommen würdest – oh ja, bitte lass uns uns duzen."

„Gern. Und wenn ich schonmal da bin, können wir auch gleich zusammen loslegen", sagte Sophie fröhlich, führte Dixie zu einem Stuhl und setzte sie darauf. Sie stellte eine Tasche voller Malbücher und Spielsachen neben sie. „Bleib erst einmal da, Baby, und spiel ein bisschen. Mama bringt dir gleich was zu essen."

Dixie beobachtete Stacy mit großen Augen. „Okay."

Stacy zögerte. „Möchtest du sie wieder schlafen legen? Wir können ein Bett für sie finden."

„Sie steht immer früh auf." Sophie zerzauste das Haar ihrer Tochter. „Und uns wurde versprochen, dass Marvin um sieben hier sein würde."

Marvin. Stacy durchforstete ihr Gedächtnis nach dem Namen. Ihre Schwester und Cassidy hatten ihn kürzlich erwähnt, da war Stacy sich sicher. *Marvin ...*

Sie lachte, als es Klick machte. „Der Elch."

„Ja, er ist ein Elchwandler." Sophie nahm eine große Schürze aus ihrer Handtasche und zog sie an. „Als ich den Vertrag bei Jace unterschrieben habe, hat er mir gesagt, dass die Kinderbetreuung hier in der Timberwolf Lodge inbegriffen sei. Dass Marvin sich um Dixie kümmern würde, nun ja ..." Sophie strich die Vorderseite ihrer Schürze glatt und vermied es, Stacy in die Augen zu sehen. „Das war ehrlich gesagt das Verkaufsargument. Ich meine", erklärte sie schnell, „hier zu arbeiten wird bestimmt wunderbar, aber Marvin ist der beste Kinderbetreuungsexperte in der Region, und Dixie liebt ihn über alles."

„Gut zu wissen. Meine Jungs können ganz schön anstrengend sein." Stacy hielt inne. Ein Elchwandler als Nanny. Das war etwas, worauf sie nie gekommen wäre. „Also, lass uns Frühstück und Kaffee vorbereiten, denn wenn er um sieben hier ist und so ausgehungert, wie meine drei aufwachen, haben wir in zwanzig Minuten einen vollen Tisch."

Sie ging und schenkte Dixie zuerst ein Glas Orangensaft ein und setzte das kleine Mädchen in die gemütlichste Ecke der Sitzbank. Dann, während Dixie fröhlich Buntstifte auf dem Tisch ausleerte und sich daran machte, eine Seite aus einem Malbuch auszumalen, durchsuchten Stacy und Sophie die Schränke und plauderten über alles, was mit Essen zu tun hatte.

Während sie redeten, wurde die Kaffeemaschine gefüllt und eingeschaltet, und Speck und Schinken glitten in gusseiserne Pfannen. Sophie nahm das Brötchenrezept, das Stacy ihr gab, und warf die Zutaten in eine Schüssel, ohne auch nur einmal ihr Gespräch zu unterbrechen.

Stacy hörte mehr zu als zu reden, denn sie mochte diese intelligente, aufgeschlossene junge Frau.

„Das Rudel ist insgesamt großartig", versicherte Sophie ihr nach einem Moment besonders ergiebigen Rudelklatsches. „Ich meine, es gibt immer ein paar Leute, mit denen man nicht abhängen möchte, aber man muss nicht jeden mögen, nicht wahr?"

„Natürlich nicht."

„Es ist so aufregend, dass die Timberwolf Lodge wieder ihre Türen öffnet. Ich habe im Laufe der Jahre so viele tolle Geschichten gehört." Sie ließ löffelweise Teig auf ein Backblech fallen und schob das Blech dann in den heißen Ofen. „Natürlich war das meiste davon vorbei, als ich hierhergezogen bin, aber trotzdem. Jace' Tante Rachel und Onkel Jim sind Legenden."

„Jace'. Und Blues und Dels, nicht wahr?" Stacy kämpfte darum, Dels Namen nicht auszusprechen wie ein atemloser Teenager, der bis über beide Ohren verknallt war.

„Ja, und Petes. Und Chloes und Scotts und Logans und ..." Sophie runzelte die Stirn und wusch sich die Hände im Waschbecken. „Es gibt viele Cousins in der Gegend."

„Maaaaaaama." Ace stand mit verschlafenen Augen in

der Küchentür und drückte seinen Stoffdrachen an seine Brust.

Stacy nahm sich einen Moment Zeit, um ihn hochzuheben und zu drücken. „Hey, Großer. Sind deine Brüder auch schon wach?"

Er nickte. „Blaze ist aufs Bett gesprungen und Colt ist runtergefallen. Aber er war –" Er schloss den Mund, und die Schläfrigkeit verschwand, als sein Blick zu der fremden Frau in der Küche und dem kleinen Mädchen in der Ecke huschte. „– okay. Ihm geht's gut."

Was bedeutete, dass Colt in seiner Wolfsgestalt geschlafen hatte.

Dass ihr Jüngster – er war noch nicht einmal sechs – wusste, dass Geheimnisse bewahrt werden mussten, brach Stacy das Herz.

Sie sahen alle auf, als es an der Tür klopfte. Der Mann draußen überragte sie, sein sandblonder Bart war unter seinem Kinn zu einem Knoten zusammengebunden. Sein Haar fiel locker um seine Schultern wie bei einem Wikinger. Er war nicht schmutzig oder ungepflegt, nur sehr, sehr groß und sah ziemlich wild aus.

Sophie wurde rot. „Marvin. Das ist Stacy."

„Wir kennen uns schon. Frühstück am Morgen nach deiner Ankunft." Er nickte höflich. „Schön, dich wiederzusehen."

„Dich auch."

Er blickte an den Erwachsenen vorbei zu den Kindern. Zu Ace in ihren Armen und Dixie, die auf der Sitzbank stand. Zu Blaze und Colt, der jetzt in Menschengestalt war, mit zerzaustem Haar, aber makellosem Pyjama. „Das sind meine Kurzen. Hey, Kids. Lasst uns den Tag beginnen, ja?" Marvin ging weiter in die Küche und klopfte Stacy im

Vorbeigehen sanft auf die Schulter. „Halt durch, Mama. Alles wird gut."

Wie ein haariger Rattenfänger von Hameln hatte Marvin nur Augenblicke später die Kinder um sich herum am Tisch platziert. Stacy und Sophie brachten alles für das Frühstück.

Es scheint, als wäre der erste Schritt in eine neue Lebensphase getan, dachte Stacy, während die Kinder aßen und ihre Freundinnen und die Rudelführung langsam in den Raum träufelten.

ALs KIND und Jugendlicher war die Timberwolf Lodge immer ein angenehmer Ort gewesen. Jetzt fühlte es sich anders an, in die Küche zu kommen.

Del analysierte und überlegte, während er seinen Kaffee trank und sich mit Blue unterhielt. Als er einen Teller mit Essen von Stacy entgegennahm, wechselte er bedeutungsvolle Blicke mit Jace und Cassidy.

Die Lodge hatte sich nicht verändert. Es war *sie*, hier an diesem Ort. Stacy wurde bereits zum Herz der Küche.

„Mr. Del." Blaze hüpfte aufgeregt auf seinem Stuhl herum.

„Master Blaze?", erwiderte er.

Der kleine Junge lehnte sich am Tisch hoch. „Wie nennt man einen kalten Wolf auf Englisch?"

Del überlegte und schüttelte dann den Kopf. „Keine Ahnung."

Blaze' Grinsen blitzte auf. „Chili-Dog!"

Am Tisch folgten Stöhnen und Kichern.

„Und damit ..." Marvin zerzauste Blaze' Haar. „Auf geht's, Kinder. Auf mit euch, und rein in eure

Kampfmontur. Zeit, hier rauszukommen, bevor wir den ganzen Tag verlieren."

„Kampfmontur?", fragte Blaze stirnrunzelnd.

„Codewort dafür, dass wir nicht den ganzen Tag im Pyjama herumhängen." Marvin tippte sich auf die Lippen. „Außerdem haben wir Keime zu bekämpfen. Gingivitis und Plaque sind kein Spaß, also dürfen wir nicht unvorsichtig werden!"

„Bye, Mama. Wir werden gegen Gingi Vitus kämpfen", sagte Ace ernst zu Stacy, bevor er ihr einen Kuss gab.

„Du wirst ihn besiegen, das weiß ich", antwortete sie genauso ernst.

Colt warf Del einen vielsagenden Blick zu, bevor er Dixie und seinen Brüdern aus dem Zimmer folgte.

„Ich brauche Cass draußen, um ein paar Entscheidungen bezüglich der Landschaftsgestaltung zu treffen", sagte Jace.

„Steph, du musst in deinem Spa sagen, wo du die Leitungen haben willst, sonst bin ich nicht schuld, wenn jemand in einem Gästezimmer die Toilette spült und dein Wasser zum Rinnsal wird." Blue zog sie aus dem Zimmer. „Ich weiß, ich weiß, dein Spa wird so Zen sein, dass niemand es merken wird. Aber ich weiß es. Ich werde bis in alle Ewigkeit von den Geistern schlechter Klempnerarbeit heimgesucht werden."

„So ein Schwarzseher", murmelte Steph. „Schon gut, aber hinterher musst du dir mit mir Farbmuster ansehen."

Die Küche war in zwei Minuten leer, zurück blieben Del, Stacy und Sophie.

Sophie zeigte auf die Spülmaschine und lächelte wie ein Gladiator. „Ich ziehe auch in die Schlacht."

„Ich helfe –", begann Stacy.

„Ich muss zuerst mit dir reden", sagte Del zu ihr. „Tut mir leid, Sophie."

„Kein Problem. Ich will mir die neue Maschine sowieso genauer ansehen", gab sie zu und wedelte mit der Bedienungsanleitung. „Ich bin ... ich lese Bedienungsanleitungen, okay? Damit Küchengeräte mich nicht in den Wahnsinn treiben. Also los. Unterhaltet euch. Ich bin glücklich hier."

Angesichts des Themas, das sie zu besprechen hatten, würde es nicht hier am Tisch passieren. Del nickte in Richtung der Eingangstür. „Komm mit."

Die riesige Tür, die doppelt so hoch und doppelt so breit war wie eine normale Tür, erinnerte an den Eingang zum Versteck eines Riesen.

Als sie nach draußen kamen, war die Veranda, die sich über die gesamte Länge der Lodge erstreckte, schon sehr einladend. Es gab mehrere Sitzbereiche. Eine Hollywoodschaukel hier, ein paar Adirondack-Stühle dort.

Er führte Stacy zu einem Sitzbereich, dessen Sessel mehr auf die Aussicht auf den Berg als aufeinander ausgerichtet waren. Wenn man den Druck des direkten Blickkontakts wegnahm, würde die Unterhaltung vielleicht leichter werden.

Sie setzte sich und strich ihre Hose über ihren Oberschenkeln glatt. Ihr dunkles Haar war zu einem hohen Pferdeschwanz zurückgebunden, der lang genug war, um ihr in den Nacken zu fallen. Große braune Augen mit einem goldenen Schimmer. Ihre Lippen waren eine geschwungene Kurve, die immer lächelte, wenn sie in der Nähe ihrer Jungs war.

Ein entschieden anderes Lächeln im Moment.

Er hätte noch viel länger starren können, bemerkte aber plötzlich, dass es jetzt schon grenzwertig war. Wie sollte er das angehen, ohne ihr Angst zu machen? Aber auch, ohne es ihr zu leicht zu machen, abzuwiegeln.

„Stimmt irgendwas nicht?", fragte sie, bevor er seinen Kopf wieder gerade riss.

„Vielleicht."

Sie riss die Augen auf, und Del erschrak. Er war verdammt nochmal Anwalt. Er konnte einen Raum lesen und die Leute in die Richtung lenken, in die er sie führen wollte. Als Alpha konnte er durch bloßes Atmen Vertrauen erzeugen.

Im Moment funktionierte das alles jedoch nicht.

Impulsiv nahm er ihre Hand in seine. „Weißt du noch, gleich nachdem du angekommen bist? Als du gesagt hast, du brauchst Freunde?"

Sie nickte langsam.

„Ich habe gesagt, ich würde einer sein. Bitte denk jetzt daran. Ich bin dein Freund. Ich will das Beste für dich und die Jungs. Okay?"

Noch ein langsames Kopfnicken. „Du machst mir immer noch ein bisschen Angst."

Er drückte ihre Finger und zwang sich dann, sie loszulassen. „Nein. Ich will dich nur beruhigen, damit du das, was ich sage, im richtigen Licht betrachtest. Ich sage es nicht, um dich zu erschrecken, nicht, um dich zu verunsichern, sondern weil ich dein Freund bin. Kannst du versuchen, diese Perspektive beizubehalten?"

Stacy rutschte zurück und stellte Abstand zwischen ihnen her. „Ich werde mich bemühen, die Fassung zu bewahren."

„Das sollte kein Problem sein", sagte er lächelnd. „Aber tritt mich nicht, bevor ich fertig bin, okay?"

Sie schnaubte. „Okay."

Del ging aufs Ganze und hielt drei Finger hoch. „Drei Dinge. Eins leicht, eins hart und eins genau richtig."

Stacys Augen weiteten sich für einen Moment, bevor sie sie zusammenkniff. „Du hast mich, Cass und Steph belauscht?"

Er hielt inne. „Ähm, nein?"

Sie winkte ab. „Die drei Bären. Das ist ein Ding. Vergiss es und mach weiter."

„Erstens, Colt muss für das Leben als Wolf ausgebildet werden. Er hat sich erstaunlich gut entwickelt. Ihr alle, wirklich, wenn man die Umstände bedenkt. Normalerweise lassen wir neuere Wölfe von einem erfahreneren Wolf ausbilden, und ich habe angeboten, sein Mentor zu sein."

Sie schluckte schwer. „Das ist ... also, das ist gut. Er braucht es, und ich wünschte, ich hätte es ihm früher geben können. Absolut." Stacy nickte entschlossen. „Ja, das war leicht. Und danke. Du hast so viele andere Verpflichtungen, da bin ich wirklich dankbar, dass du bereit bist, dich seiner anzunehmen."

„Es ist mir ein Vergnügen", sagte er und meinte jedes Wort.

Stacy neigte misstrauisch den Kopf. „Leicht, schwer und genau richtig. Nummer zwei wird mir nicht gefallen, oder?"

Er schüttelte den Kopf. „Wir müssen über deinen Ex reden."

4

———

Trotz der Wärme, die vom sonnenbeschienenen Gras vor der Veranda aufstieg, schauderte Stacy. „Meinen Ex-Mann?"

Die Haut über Dels kantigem Kiefer spannte sich, als würde er die Zähne zusammenbeißen, wenn er über den anderen Mann sprach. „Ich weiß, das könnte schwierig für dich sein. Denk bitte noch einmal daran, dass ich dein Freund bin." Er drehte sich auf seinem Sessel um und begegnete ihrem Blick. Seine mitternachtsblauen Augen hielten ihre fest. „Aber ich bin auch ein mächtiger Wolf, der für die Sicherheit des Rudels verantwortlich ist."

„Ich verstehe." Sie sagte es so fest sie konnte, aber es kam nur als Flüstern heraus. Das Bild von Porters letztem wütenden Blick kam ihr in den Sinn, und ein kalter Schauer lief ihr über den Rücken.

Del verzog das Gesicht, sein ganzer Körper war angespannt. „Stacy. Wenn ich unverblümt sprechen darf?"

Sie nickte.

Der Mann nahm ihre Finger in seine. „Während ich Colt beibringen werde, ein Wolf zu sein, musst du auch

37

noch lernen. Und im Moment musst du wissen, dass ich ein männlicher Alphawolf bin, der spürt, dass du Angst hast, und es bringt mich fast um, dich nicht in meine Arme ziehen zu können, um dich zu beschützen."

Jemand wollte sie vor dem Unbehagen schützen, über die Vergangenheit zu *sprechen*?

Nicht *jemand*. Del.

Stacy konnte nicht erklären, warum sie es tat, aber ihr Bauchgefühl akzeptierte kein Nein. Sie sprang auf und überwand den Abstand zwischen ihnen, ein einziger Schritt, um zwischen seinen geöffneten Knien stehenzubleiben. Dann drehte sie sich um und ließ sich auf seinen Schoß fallen, so wie es einer ihrer Jungs getan hätte.

Sie war von Hitze umgeben. Die kräftigen, steinharten Oberschenkelmuskeln unter ihrem Po, die Wölbungen seiner Brust und seines Oberkörpers, während sie eine Hand auf seine Brust stützte und ihm ins Gesicht starrte.

Er hatte steinharte Muskeln, aber in dem Moment, in dem sie ihn berührte, wurde er weicher. Die Anspannung in seinen Augenwinkeln ließ nach, genauso wie die scharfen Kanten seines Kiefers.

Sein Blick fiel auf ihren Mund und blieb dort. „Das habe ich nicht kommen sehen."

Aus irgendeinem Grund amüsierte sie die Bemerkung mehr, als sie sollte. Stacy spürte, wie sich ihre Lippen zu einem Lächeln verzogen. „Ich bin gern unberechenbar."

Del bewegte sich langsamer. Er holte tief Luft und senkte dann sein Kinn. „Danke. Das ist ... viel besser."

Sie würde ihn anspringen und ihn um den Verstand küssen, wenn sie nicht schnell etwas unternahm. „Für mich auch", stimmte sie zu. Dann unterbrach sie bewusst den Blickkontakt und lehnte sich an ihn, die Seite ihres Kopfes an seine Brust, die Arme so gut wie möglich um seinen

Oberkörper geschlungen, während er sich zurücklehnte. „Ist das okay?"

Er nickte, und die Bewegung streifte ihren Kopf, Strähnen ihres Haares verfingen sich in seinem Bart.

„Ist *das* okay?" Del hob vorsichtig die Arme, um sie zu halten, und jetzt war sie vollkommen warm und beschützt, und ihr Herz hatte diesen seltsam hüpfenden Rhythmus, dass ihre Zehen prickelten.

Hm. „Ja. So ist es ... gut. Ich fühle mich sicher."

„Das bist du." Seine Stimme war leise, sein Atem gleichmäßiger als zuvor. „Kannst du mir jetzt die Geschichte erzählen? Bitte?"

„Über meinen Ex?"

„Was du mir erzählen kannst. Auf jeden Fall darüber, wie es zu Ende ging und was Porter über Wölfe wissen könnte."

Es war so viel einfacher, darüber zu sprechen, ohne ihm in die Augen zu sehen. Nicht, dass sie ein Urteil erwartete, sondern weil sie sich selbst genug dafür verurteilte, nicht klug genug gewesen zu sein, dem Mann aus dem Weg zu gehen.

„Ich muss vor Porter anfangen. Mein erster Ehemann, James Moraine, war Soldat. Kurz vor seinem dritten Auslandseinsatz wurde ich schwanger. Er war in einer Friedenstruppe, als er in ein Gefecht verwickelt wurde und starb, bevor ich ihm sagen konnte, dass Colt unterwegs war."

„Und James hat dir nie erzählt, dass er ein Wandler war?"

Stacy schüttelte den Kopf, ihre Wange streifte sein Leinenhemd. „Ein Einzelgänger vielleicht? Ich hatte keine Ahnung, dass er so ein großes Geheimnis hatte, nicht einmal nach drei Jahren Ehe. Aber er war süß und gut, und ich nehme es ihm nicht wirklich übel. Er war ein guter Mann, und ich habe ihn geliebt."

Das zu wissen hätte ihr geholfen, sich um Colt zu kümmern, aber sie konnte die Zeit nicht zurückdrehen.

„Es tut mir wirklich leid."

Die Worte hätten sich seltsam anfühlen sollen, da sie auf Dels Schoß saß und so, aber sie waren so ehrlich, dass die Wahrheit spürbar war.

Sie tätschelte seine Brust. „Danke. Aber ich habe dir das erzählt, damit du verstehst, warum ich getan habe, was ich als Nächstes getan habe. Vier Jahre später, als Porter aufgetaucht ist und behauptet hat, er habe James gekannt und wolle Zeit mit mir verbringen, war das eine Verbindung, die mich dazu gebracht hat, ihm zu vertrauen."

Del drückte ihre Arme nicht fester, aber sie spürte, dass er sehr, sehr aufmerksam zuhörte. „Weiter."

Es gab nur einen Weg durch diese Geschichte, und zwar mit Vollgas. „Porter war auch meistens nett. Er begann mit Besuchen, bei denen wir über James sprachen, und das war unglaublich. Als Porter von Colt erfahren hat, war er fast außer sich vor Freude, was eine nette Abwechslung zu den anderen Männern war, mit denen ich ausgehen wollte, die alle entsetzt zurückschreckten, sobald sie herausfanden, dass ich ein dreijähriges Kind hatte."

Trauer legte sich wie eine Decke über sie. Del drückte sie sanft.

Stacy zuckte mit den Schultern. „Ich habe mich sofort in Porter verliebt. Er hat mich umgehauen, wir haben geheiratet, und einen Monat später war ich wieder schwanger." Das war der Punkt in der Geschichte, an dem Stephanie und Cass immer über Stacys Fruchtbarkeit scherzten, aber es schien nicht richtig, das Del gegenüber zu erwähnen. „Als ich im dritten Monat war, war Porter nicht mehr so nett. Er war die ganze Zeit abgelenkt, und es fiel ihm schwer, einen Job zu behalten. Ich ging wieder arbeiten, und er blieb zu Hause bei Colt. Als ich Schwangerschaftsprobleme hatte und drei Monate vor Blaze' Geburt aufhören musste zu arbeiten, war Porter nicht begeistert."

Sie hielt inne und fragte sich, was das Grollen war.

Einen Moment später setzte sie sich aufrecht hin und starrte Del ins Gesicht. „*Knurrst* du etwa?"

„Vielleicht. Ich bin um deinetwillen wütend. Am liebsten würde ich diesen Bastard jagen und ihn an den Eiern aufhängen." Del sagte es so sachlich, als würde er über einen Immobilienkauf sprechen. „Bitte, erzähl weiter."

Sie legte ihre Hände an seine Wange. „Mehr gibt es nicht zu erzählen. Porter hat weder mich noch die Jungs geschlagen, aber er fing an zu schreien und Sachen zu werfen. Er kam aus Ecken gesprungen, als wollte er uns absichtlich Angst einjagen. Als ich ihm sagte, es sei an der Zeit, dass er sich einen Job sucht, antwortete er, ich sollte wieder arbeiten gehen, und er würde sich um die Jungs kümmern." Sie verzog das Gesicht. „Aber er hat es nicht so nett gesagt. Ich war gerade mit Ace schwanger, als Stephanie und Cassidy mich schließlich davon überzeugt haben, dass Porter eher eine Bedrohung als ein Partner war, und ich die Scheidung eingereicht habe."

Dels Blick wurde scharf. „Er hat nicht widersprochen? Sorgerecht verlangt?"

„Nein. Porter hat sich nicht im Geringsten dafür interessiert, in ihr Leben involviert zu sein. Er ist gegangen, und ich habe ihn seitdem nie wieder gesehen oder von ihm gehört. Ich wollte keinen Kindesunterhalt, wollte nie wieder was mit ihm zu tun haben. Ich habe unsere Nachnamen so schnell wie möglich offiziell wieder zu

Moraine geändert." Und das war mehr als genug Gerede über den Bastard, zumindest in ihren Augen. „Jetzt brauche ich was von dir."

Als sie ihre zweite Hand an seine andere Wange legte, zog Del eine Augenbraue hoch. „Dass ich deine kalten Finger aufwärme?"

Stacy schüttelte den Kopf. „Meine Neugier befriedigen."

Sie zog sein Gesicht näher, bis ihre Lippen seine berührten.

~

Das hatte er auch nicht kommen sehen. Aber halleluja und verdammt ja. Del zügelte sein Verlangen und hielt seine Hände sanft auf ihr, anstatt sie an sich zu ziehen und die Führung zu übernehmen.

Die Achterbahn der Gefühle, die Del in einer Faust hielt, schoss in die Stratosphäre, als Stacy ihn küsste.

Er war wütend gewesen, dann traurig, dann mit ihr über ihren Verlust verletzt. Wütend über den Verrat ihres Ex-Mannes an dem Privileg, in ihrer Welt zu sein.

Jetzt wurde all das von der neuen Verbindung zwischen ihnen weggefegt. Dies, dieser Moment hier, war perfekt.

Das sanfte Streichen ihres Mundes über seinen. Die Wärme ihres Körpers, der sich an ihn schmiegte. Ein Zungenstreich über seine Lippen –

Etwas zwischen Stöhnen und Ächzen stieg tief in Dels Innern hoch, als er die Befriedigung genoss, dass seine Gefährtin, seine zukünftige Partnerin und Schicksalsliebe, seine Lippen zärtlich erkundete.

Sie hatte vom ersten Augenblick an köstlich gerochen, aber der Geschmack, der ihn durchströmte … überbordende

Ekstase wie der feinste Wein oder der beste Scotch. Oder wilder Sex im Bett, der sie beide atemlos befriedigt zurücklassen würde.

Zu viel Sehnsucht. Zu viel Verlangen.

Weich und geschmeidig unter seinen Händen streichelte Del ihre Unterarme und genoss das zarte Aroma ihrer wachsenden Erregung.

Viel zu schnell ließ Stacy von ihm ab, und irgendwie, wie durch ein Wunder, ließ Del sie gewähren. Sie saßen da und starrten einander aus wenigen Zentimetern Entfernung an. Del, weil er kein Narr sein und unterbrechen wollte, was auch immer vor sich ging.

Stacy, weil sie in seiner Seele nach einer Antwort auf das Universum zu suchen schien.

„Du musst nicht aufhören." Del versuchte, unbeschwert zu klingen, als sich die Stille zwischen ihnen lange hingezogen hatte.

„Ich will nicht aufhören", gestand Stacy, „was wahrscheinlich ein Zeichen dafür ist, dass ich es muss."

„Wenn deine Neugier befriedigt werden will, bin ich ein williger Teilnehmer", versicherte er ihr.

Ihre Lippen verzogen sich wieder zu einem Lächeln. „Das habe ich bemerkt. Aber damit kommen wir nicht ans Ende deiner Drei-Punkte-Liste."

„Im Leben geht's nicht nur darum, Listen abzuarbeiten."

Stacy presste eine Hand auf ihre Lippen, als ob sie geschockt wäre. „Oh nein. Lass meine Schwester nicht hören, was du da sagst. Das ist Blasphemie."

Er lachte noch immer, als sie von seinem Schoß aufstand und zu ihrem eigenen Stuhl zurückkehrte.

Stacy setzte sich und begegnete seinem Blick. „Kommst du da drüben allein klar?"

„Vielleicht. Ich sage dir Bescheid, wenn ich zittrig werde", versprach er.

Ein entschlossenes Nicken. „Was bedeutet, dass der Teil, den ich hassen werde, fast vorbei sein sollte. Und du hast recht. Ich rede nicht gern über Porter, aber ich verstehe, warum du es wissen musst. Sicherheit und all das."

Der einzige Grund, warum Del sie nicht wieder auf seinen Schoß zog, war der Duft der Gewissheit, der ihm entgegenwehte. Als ob die Zeit, in der er sie gehalten hatte, und der Kuss, den sie geteilt hatten, ausgereicht hätten, um Stacys Selbstvertrauen wiederherzustellen.

Die Vorstellung, dass er ein Fels in der Brandung für sie sein könnte, war berauschend. „Sicherheit für das Jasper-Rudel und damit auch für die Timberwolf Lodge. Aber auch insgesamt, weil Wandler nicht allgemein bekannt sind. Dein erster Ehemann war offensichtlich einer. Denkst du, James könnte es Porter erzählt haben? Oder dass Porter es herausgefunden haben könnte, als sie zusammen im Einsatz waren?"

Stacy überlegte angestrengt. „Ich weiß nicht. Ich habe das Gefühl, dass James nicht darüber gesprochen hat. Ich meine, er hat es mir nicht erzählt, und er hat mich geliebt. Warum sollte er es einem Typen erzählen, mit dem er zusammengearbeitet hat?" Sie verzog das Gesicht und rümpfte dann die Nase. „Oder klammere ich mich an jeden Strohhalm, weil James es vor mir geheim gehalten hat?"

In diesem Punkt konnte Del sie beruhigen. „Nein. James klingt wie ein typischer Einzelgänger. Das haben wir schon oft gesehen. Die Leute, die sich dafür entscheiden, außerhalb eines Rudels zu leben, sprechen nicht darüber, dass sie Wandler sind, nicht einmal mit ihren engsten Freunden. Manche von ihnen wandeln selten."

Ein leises Seufzen entfuhr ihr. „Armer James. Es tut mir leid, dass ich es nicht wusste, wenn auch nur, um ihm zu sagen, dass es okay war, weißt du? Dass ich ihn so geliebt habe, wie er war, und nichts, wirklich nichts, hätte das ändern können."

„Ich bin sicher, dass James das wusste." Del konnte sich nicht vorstellen, dass der Mann nicht gewusst hatte, dass er mit Stacy ein Juwel gehabt hatte. „Dass Porter James kannte, war also ein Zufall? Dass er gekommen ist, um dich zu umwerben, war nur ... weil?"

Eine Unzahl von Emotionen wehten über ihr Gesicht – Überraschung, Nachdenklichkeit, Sorge. „Du fragst dich, ob Porter von James über Wölfe erfahren hat, vielleicht indem er ihn ausspioniert hat, und dann zu mir gekommen ist, um mehr herauszufinden?"

„Vielleicht. Porter könnte auch gedacht haben, dass du einer bist."

„Und als er keine Beweise fand, verlor er das Interesse? Und wurde gemein?"

Die pure Traurigkeit, die von ihr ausging, traf ihn wie ein Hammer. Del hob eine Hand. „Wenn du so weitermachst, landest du gleich wieder auf meinem Schoß", warnte er.

Sie sah ihn an. „Ähm, sorry?"

Er zuckte die Achseln. „Es ist nicht deine Schuld. Ich reagiere nur sensibel auf deine Gefühle."

„Weil du der Hüter bist", sagte Stacy lächelnd.

Es fühlte sich falsch an, die Verbindung zwischen ihnen so stehenzulassen, aber Del ließ es für den Moment dabei bewenden. „Um es zusammenzufassen – Porter ist nicht mehr in eurem Leben. Du weißt nicht genau, ob er von Wandlern weiß oder nicht."

„Ich habe ihn rausgeschmissen, weil er sich so verhalten

hat und ich das Bauchgefühl hatte, dass unsere Beziehung nie besser werden würde. Wusste er von Colt?" Sie zuckte die Achseln. „Ich habe es vermutet, aber nie bestätigt, und er hat nie was gesagt. Mehr kann ich dir leider nicht sagen."

„Und es ist mehr als genug." Er würde sich von Cassidy die restlichen Informationen über den Bastard besorgen, und dann einige der Rudel kontaktieren, die er in der Gegend von Toronto kannte. Sie würden sich nach dem Unruhestifter umsehen, um sicherzugehen, dass er keinen Unsinn im Schilde führte.

Stacy sah auf ihre Uhr. „Ich muss bald zurück in die Küche, um Sophie zu helfen. Wir haben uns um das Gute und das Schlechte gekümmert. Der letzte Punkt, Mr. Hüter, Sir? Der soll der nette Teil sein."

Zeit, es zu versuchen. Es war leichtsinnig und dumm und viel zu schnell. Die Worte rutschten ihm trotzdem aus dem Mund.

Er hob einen Finger. „Ich bin Colts Mentor." Er hob einen Zweiten. „Ich werde dafür sorgen, dass ihr in Sicherheit seid." Ein dritter und letzter Finger schnellte hoch. „Ich möchte, dass wir daten."

5

Nach den Höhen und Tiefen der letzten Minuten war es verzeihlich, dass Stacy ein bisschen nervös war. Trotzdem war es wahrscheinlich nicht die richtige Reaktion, Del ins Gesicht zu lachen.

Sie riss sich so schnell sie konnte zusammen, grinste aber immer noch breit, während sie eine Hand in seine Richtung winkte. „Tut mir so leid, das war furchtbar unhöflich von mir. Aber *was*?"

„Ich mag dich. Sehr sogar", erklärte Del. „Ich weiß, das mag schnell erscheinen, und ich weiß, dass du gerade erst in der Timberwolf Lodge angekommen bist und dich einleben und alles in Gang bringen musst und so weiter. Aber ich bin ehrlich. Ich würde gern mit dir ausgehen. Aus vielen Gründen, und ich wüsste nicht, warum wir warten sollten."

„Was, wenn ich nicht daten will? Ich muss nicht daten", stellte Stacy fest. „Ich bin ziemlich beschäftigt."

„Magst du mich?"

Er fragte es mit solcher Aufrichtigkeit, dass sie nicht lügen konnte. „Ich mag dich."

„Du hast mich geküsst." Er musterte sie, und die sanfte

Liebkosung seines Blicks ließ ihre Nervenenden kribbeln. „Du siehst mich an, und ich kann sagen, dass du vielleicht ... mehr willst als nur küssen."

O Gott. Sie würde immer noch nicht lügen. Themenwechsel, und zwar schnell. „Wenn das ein Wolfsding ist, dann hör auf damit", warnte sie. „Viele Gründe, mit mir auszugehen?"

„Das Rudel soll wissen, dass du akzeptiert bist. Du musst mit der Führung gesehen werden, auf eine Weise, die allen klarmacht, dass du dazugehörst. Mit mir auszugehen würde funktionieren."

Sie verstand, was er meinte, aber nicht in der Reihenfolge, in der er es gesagt hatte. „Also ein vorgetäuschtes Date, damit das Rudel mich, die Menschenfrau, akzeptiert?"

„Ein echtes Date, mit dem Bonus, dass die Wölfe sehen, dass du mir wichtig bist."

Sie waren immer noch nicht auf derselben Gesprächsebene. Stacy schüttelte den Kopf. „Also, was? Wir gehen auf drei Dates, zeigen dem Rudel, dass ich ein gutes Mädchen bin, und wenn ich dann nicht weitermachen will, wirst du mir Abstand gewähren?"

Seine Miene wurde finster. „Es würde vielleicht gruselig klingen, wenn ich Nein sagte, aber ... nein." Del sah aus, als stecke er zwischen Baum und Borke. „Ich würde nicht gegen deinen Willen handeln, aber ich würde was anderes versuchen und neue Wege finden, dich dazu zu verlocken, Zeit mit mir zu verbringen."

Ähm, *Ugh*? „Klingt immer noch ein bisschen gruselig", bemerkte sie.

„Ja. Tut mir leid, das ist der Nachteil, wenn man ein Mann ist. Ein Wandler-Mann." Del räusperte sich. „Wandler haben andere Regeln als Menschen. Wir sind kein Rudel, das dominante Arschlöcher gutheißt, aber ... selbst höfliche Alphawölfe sind irgendwie dominante Arschlöcher." Er rieb sich mit der Hand über den Nacken. „Fuck. Ich sehe keinen Ausweg aus diesem Gespräch, bei dem meine Eier intakt bleiben."

Sie lachte wieder. „Oh, keine Sorge. Es scheint, als brauche ich Wolfsunterricht, genau wie Colt."

Del nickte. „Da ist noch mehr. Aber genauso wie ich Colt nicht mit allen Wandler-Informationen in der ersten Lektion überwältigen werde, will ich auch dich nicht überwältigen."

„Ergibt Sinn."

Ein kurzer Anflug von Schuldgefühlen huschte über sein Gesicht, war aber im nächsten Moment wieder verschwunden. Noch mehr Geheimnisse? Sie mussten unzählige haben, vor der Welt, voreinander.

Nun gut, ihr Problem war hier und jetzt. Stacy dachte nach und legte dann die Karten auf den Tisch. „Das ist absolut nicht der Grund, warum ich nach Jasper gekommen bin", sagte sie. „Ich mag dich. Du hast dich seit dem ersten Moment, in dem ich dich getroffen habe, als fürsorglicher und rücksichtsvoller Mann erwiesen. Außerdem ist es lange her, dass ich eine körperliche Verbindung mit einem Mann genossen habe – und du scheinst mein Interesse zu spüren. Aber Interesse an Sex ist nicht dasselbe wie das Bedürfnis nach einem Mann in meinem Leben. Als Date bin ich keine gute Wahl."

„Ich bin bereit, das Risiko einzugehen", antwortete Del sofort.

„Du musst versprechen, dass du aufhörst, wenn ich dir jemals sage, dass du dich zurückhalten sollst. Ich will nicht Cassidy rufen müssen, damit sie dich mit ihrer magischen Alpha-Stimme kastriert."

Anstatt das Gesicht zu verziehen, schmunzelte er. „Ich bin froh, dass du sie hast, aber du wirst diese Option nie brauchen, das verspreche ich."

„Manche Dinge sind nicht verhandelbar. Wir verlieren nicht den Fokus auf das Wichtigste", fasste Stacy zusammen. „Colts Ausbildung. Die Sicherheit des Rudels. Und dass die Timberwolf Lodge das Ziel erreicht, lebensfähig zu sein. Du und ich sind ein Zwischenspiel. Spaß, solange es Spaß macht. Schluss, wenn es vorbei ist. Einverstanden?"

Seine Augen blitzten. „Schluss, wenn es vorbei ist. Von mir aus in Ordnung."

Sie hätte schwören können, dass er leise *niemals* vor sich hinmurmelte.

Stacy nahm seine ausgestreckte Hand und schüttelte sie ernst, als wären sie in einem geschäftlichen Meeting und sie hätte nicht gerade zugestimmt, ihn zu daten, nachdem sie sich in der letzten Stunde geküsst und intime Geheimnisse und Gedanken ausgetauscht hatten.

Er zog sie auf die Füße, und sie landete eng an ihn geschmiegt.

Seine Stimme sank zu dem tiefen und grollenden Ton, der ihre Haut prickeln ließ. „Das heißt, ich muss anfangen, unser erstes Date zu planen. Morgen. Das erste von vielen. Ich schicke dir später eine SMS mit den Details." Sein Mund an ihrem Ohr, wurde das Flüstern zu einem Bassstreicheln über ihren Hals. „Außerdem freue ich mich darauf, dir dabei zu helfen, dich um die *körperlichen* Bedürfnisse zu kümmern, die du vernachlässigt hast. Als Rudelhüter und so."

„Sicherheitsbedenken?", flüsterte sie.

„So viel angestaute Spannung könnte gefährlich sein", stimmte er zu. Seine Zunge schoss über ihre Haut, und so etwas wie ein Miniorgasmus brandete durch sie. „Siehst du? Aber zuerst müssen wir uns beide wieder an die Arbeit machen."

Augenblicke später war sie in der Küche, während Del aus der Tür zu seinem Wagen schlenderte. Ein Wirbel der Verwirrung toste durch ihren Kopf und glühte heiß in ihrem Bauch.

Stephanie tänzelte ins Zimmer, blieb vor ihr stehen und musterte sie besorgt. „Welcher Truck hat dich denn gerade überfahren?", fragte ihre Schwester.

Stacy blinzelte. „Ich habe ein Date."

Ihre Schwester starrte sie an. „Ein was?"

Stephanie zu schockieren fühlte sich immer wie ein Sieg an. Stacy deutete aus dem Fenster, als Dels sportlicher Truck die Einfahrt hinaufraste und von der Lodge wegfuhr. „Ein Date. Mit Delaney."

Sie ließ sich auf einen Stuhl neben dem Tisch fallen und grinste.

Willkommen in der Timberwolf Lodge, dachte sie, *wo das Unerwartete dich jederzeit umhauen kann.*

„UND JETZT MUSS ich was für uns arrangieren, aber ich fühle mich wie ein Teenager bei seinem ersten Date." Delaney schwang träge nach Jace. „Hör auf, wie eine Banshee zu grinsen. Das ist nicht lustig."

„Von meiner Warte aus schon", sagte Jace.

„Aus meiner Sicht auch zum Schießen", bestätigte Blue.

Die drei waren vor der Timberwolf Lodge und standen um die Feuerstelle herum. Das bedeutete, dass Delaney Stacy und ihre Jungs klar und deutlich durch das Küchenfenster sehen konnte, wenn er über die Schultern blickte. Sie saßen am Tisch und backten Kekse oder verzierten Kuchen oder sowas in der Art. Süßes Lächeln und lachende Gesichter, und er wollte bei ihnen sein wie er seinen nächsten Atemzug brauchte.

Er hatte es geschafft, sich den Nachmittag über fernzuhalten und nicht wie ein Welpe zurückzukommen und darum zu betteln, mit ihnen essen zu dürfen.

Aber egal, wie sehr er versucht hatte, den Abend in Jasper zu verbringen, um Stacy Luft zum Atmen zu geben, Dels Füße hatten ihn direkt zurück zur Lodge gebracht.

Jetzt hielt Jace ihm eine Bierflasche hin. „Setz dich. Ich kann die Anspannung in deinen Schultern von hier aus spüren. Das ist nicht nur irgendeine Laune, der du folgst, also kannst du genauso gut aufhören, gegen deinen Wolf zu kämpfen und dir helfen lassen."

„Warte, was?" Blue setzte sich aufrecht hin und starrte ihn an. „Wir werden ihm helfen?"

„Er gehört zur Rudelführung", bemerkte Jace. „Du hilfst anderen gern. Ich dachte, du hättest einen guten Rat für unseren unerschrockenen Hüter hier."

„Nachdem er Stephanie so hinterhergeschnuppert hat?", überlegte Blue und schüttelte dann den Kopf. „Nein, nicht so sehr."

Was ein ganz anderes Problem war. „Ich habe dir schon gesagt, dass ich keine Ahnung habe, warum Stephanie so faszinierend gerochen hat. Sie und Stacy haben fast den gleichen Geruch. Ich habe sie nie angemacht oder so."

Ein leises Grollen war von Blue zu hören, und er fletschte fast die Zähne.

So verdammt nervig. Del winkte Blue zu und beschwerte sich bei Jace. „Woher hätte ich wissen sollen, dass er Steph als seine Gefährtin identifiziert hat? Er hat auch keinen einzigen Schritt gemacht, jedenfalls nicht, soweit ich das beurteilen kann."

„Richtig", stimmte Jace zu. „Was, wie ich bereits erwähnt habe, mehr als seltsam ist."

Blue lehnte sich in seinem Stuhl zurück und legte die Füße hoch. „Der Weg des Zauberers ist nicht der Weg des Kriegers."

So. Viel. Bullshit.

Del kickte Blues Füße vom Rand der Feuerstelle auf dem Weg zum nächsten Stuhl. „Sicher, sicher, Mr. Omega, du gefühlsduseliger Guru. Wir wissen beide, dass du auch eine Zeit lang beim Militär warst, also versuch nicht, uns mit dem Blödsinn zu füttern, dass Pazifisten das Auf und Ab des Universums deutlicher spüren."

„Zurück zum wichtigeren Punkt als zu versuchen, das Mysterium Blue zu verstehen – hast du vor, Stacy zu daten?" Jace blinzelte unschuldig. „Und Colts Mentor zu werden?"

„Ja."

„Ich verstehe." Jace' Lippen zuckten. „Ich glaube, ich habe dich gebeten, mögliche Probleme mit Stacys Ex zu identifizieren, und nicht, ihr ans Höschen zu gehen."

„Ich versuche nicht ..." Del verstummte. Das wollte er auf jeden Fall, aber das war nicht das ganze Bild.

„Scheint, als hätte ich auch ein paar Fragen an unseren Hüter", witzelte Blue so eifrig wie ein Shih Tzu auf Koffein. „Was hast du mit der Schwester meiner zukünftigen Gefährtin und ihren Jungs vor? Kannst du sie so versorgen, wie sie es verdienen? Hast du die Technologie, um den ersten bionischen Bären der Welt zu erschaffen?"

Jace und Del runzelten die Stirn, bevor sie sich wieder Blue zuwandten. „Was zum ...?"

Blue winkte ab. „Tut mir leid, zu viele Late-Night-

Retro-Serien. Steph und ich sind gerade total auf Science-Fiction aus den Siebzigern fixiert. Aber die ernste Frage ist: Meinst du es ernst mit ihr?"

Es war eine aufrichtige Frage, also antwortete Del genauso. „Stacy ist mein, was bedeutet, dass die Jungs meine sind. Ich habe mich jahrelang um das Rudel gekümmert, aber ich habe noch nie für jemanden so empfunden wie für sie und die Kinder. Sie ist noch nicht so weit zu hören, dass wir vom Schicksal füreinander bestimmt sind – noch nicht." Er sah Blue direkt in die Augen, etwas sagte ihm, dass dies wichtig war. „Wenn du irgendwelche Ideen hast, um diese Arbeit um ihretwillen leichter zu machen, lass es mich bitte wissen."

Blues Lächeln erblühte wie eine Rose nach dem Regen. „Nun, da du es so ausdrückst, hat mein magisches Ich doch einen Rat, angefangen mit dem, was du morgen machst."

Gott sei Dank. Del hob seine Flasche. „Danke. Danach kannst du mir auch sagen, was zum Teufel ich mit meinem Haus in der Stadt machen soll. Denn die Wahrscheinlichkeit, dass ich in absehbarer Zeit dort schlafen werde, scheint gegen null zu gehen."

Jace zuckte mitfühlend die Achseln. „Der Wolf hat dich an der Kehle gepackt?"

„Die Vorstellung, so weit weg von ihr zu schlafen, ist schmerzhaft." Del ertappte sich dabei, wie er wieder ins Fenster starrte. Er wandte seinen Blick ab und entdeckte, dass Jace und Blue ihn angrinsten. „Lacht nur, Jungs, aber euch ist klar, dass ihr alle einen Hausgast haben werdet, der im Garten schläft, bis sich die Dinge beruhigt haben und Stacy genug versteht, um mich als Gefährten zu akzeptieren."

„Jetzt, wo wir uns nicht mehr gegenseitig die Köpfe abreißen müssen, ist es kein Problem, dass du da bist." Jace'

Gesichtsausdruck verhärtete sich. „Warte. Du hast vor, hier draußen zu schlafen?"

„Ich habe nicht vor, ein Zimmer zu nehmen und allen mehr Arbeit zu machen", sagte Del geschmeidig, nicht sicher, warum Blue bei dieser Bemerkung wild zu kichern begann. Er beugte sich zu seinem Cousin vor. „Was habe ich verpasst?"

Weil Blue amüsiert war, Jace jedoch nicht.

Blue grinste und reichte ihm eine neue Flasche. „Du wirst im Garten schlafen? Dann wird Jace nicht mehr nackt Versteck-den-Wolf mit Cass spielen können."

Gah. „Bitte, nein. Manche Dinge muss ich nicht mitansehen."

Jace warf Blue einen verärgerten Blick zu. „Eines Tages wirst du entscheiden, dass es Zeit ist, Stephanie den Hof zu machen, und ich hoffe, du weißt, dass wir dann alles tun werden, um es so peinlich wie möglich für dich zu machen."

„Ihr werdet *versuchen*, es peinlich zu machen, wolltest du wohl sagen?" Blue presste eine Hand auf seine Brust. „Unsere Liebe wird so rein sein wie frisch gefallener Schnee, und nichts wird jemals zwischen uns kommen –"

„Cass! Steph!" Jace rief ihre Namen laut genug, um Blue zu warnen, die Klappe zu halten. „Wollt ihr euch zu uns setzen?"

Blue zuckte nicht zusammen, drehte sich nur mit einem einladenden Gesichtsausdruck zu ihnen um, während er seinen Stuhl ein paar Zentimeter zurückzog. „Ladys. Bier? Cocktails?"

„Nein, danke. Ich muss nur kurz mit Del reden, dann haben wir drinnen noch zu tun." Stephanie kam heran wie eine süße, funkelnde Lichtfee. „Del."

„Steph", antwortete er mit einem unbehaglichen Gefühl in seinem Innersten.

Sie beugte sich vor. „Stacy sagt, du hast sie auf ein Date eingeladen."

„So ist es." Verdammt nochmal. Er war jahrelang der stärkste Alpha im Rudel gewesen, hatte es ohne Skrupel mit rebellischen Wölfen und widerspenstigen Besuchern aufgenommen.

Doch jetzt zitterten seine Knie fast.

Steph beugte sich näher und senkte ihre Stimme. Nur ein Geheimnis zwischen ihm und ihr ... und allen anderen mit Wolfsgehör, was bedeutete, oh, *alle*. „Wenn du ihr wehtust, werde ich dich vernichten."

Dann richtete sie sich auf und blinzelte Jace zuckersüß an. Sie wedelte mit den Fingern in Blues Richtung und hüpfte dann zurück zum Haus.

Cassidy zwinkerte nur. „Das gilt doppelt für mich."

Dann waren die Frauen weg, und Del saß mit Jace und Blue da, während seine Rudelkameraden versuchten, ihr amüsiertes Lachen zu unterdrücken, mit mäßigem Erfolg.

Liebe. Ist sie nicht großartig?

6

―――――

Die SMS auf Stacys Handy war eindeutig gewesen.

Das war ... Stacy wusste nicht so recht, was sie mit dem Flattern in ihrem Bauch anfangen sollte. Es war das Date, das Del versprochen hatte, oder?

Mit den Jungs?

Stacy war irgendwie entzückt und enttäuscht zugleich und beschloss, es zu nehmen, wie es kam.

Sie verabredete sich mit Sophie, die letzten Vorbereitungen für das Abendessen zu treffen. Sie versorgten zwar immer noch nur die Bewohner der Lodge, aber es war wichtig, feste Zeiten für das Personal einzuhalten.

Und es war auch wichtig, Zeit für sich selbst und mit ihren Jungs zu haben. Zeit für Dinge wie eine Familienaktivität am Nachmittag, ein Treffen mit Delaney in der örtlichen Bowlingbahn.

Stacy schüttelte noch einmal amüsiert den Kopf, als sie ihre drei Jungs in die kühle Luft des Gebäudes führte.

Der junge Mann hinter der Theke bemerkte sie und lächelte sofort. „Sie müssen Stacy sein. Willkommen! Und ihr Jungs natürlich auch. Ich habe viel über Sie gehört." Sein Blick verweilte kurz auf Colt und kehrte dann zu Stacy zurück. „Alles ist vorbereitet. Ich brauche nur Ihre Schuhgrößen, und Delaney hat sich schon um die Bahn gekümmert."

Carter, das stand zumindest auf seinem Namensschild, deutete nach rechts.

Blaze lehnte sich in diese Richtung. „Ist er da? Wo sind die Bowlingkugeln? Müssen wir die Kegel aufstellen, nachdem wir sie umgeworfen haben?"

„Kann ich die grünen Schuhe haben?", fragte Ace und zeigte auf das oberste Regal hinter dem Mann. „Ich mag Grün. Was ist deine Lieblingsfarbe?"

„Ich brauche Größe 34", verkündete Blaze, einen Schuh in der Hand, den er dem Jugendlichen präsentierte.

Sophie widerstand dem Drang, sich zu entschuldigen. Ihre Jungs waren vielleicht voller Energie und Enthusiasmus, aber sie waren nicht unhöflich. „Die Kinder brauchen Schuhgröße 32, 34 und 38. Und ich 37." Sie blickte zur Seite, aber Del war nirgends zu sehen.

Colt hatte Ace im Griff und führte seinen Bruder schweigend zur nächsten Bank, um ihm beim Ausziehen seiner Schuhe zu helfen. Stacy führte Blaze auch dorthin, die Hand auf seiner Schulter. „Fragen später, erst die Schuhe", sagte sie leise.

„Hier riecht es komisch", sagte Colt sehr leise, als sie sich neben ihn setzte und er sich an ihre Seite lehnte.

„Geliehene Schuhe könnten ein bisschen viel für

deinen empfindlichen Geruchssinn sein", bemerkte Stacy. „Ignoriere es, so gut du kannst."

„Okay." Colt streckte den Hals und drehte sich fast wie eine Eule. „Ich sehe Mr. Del nicht."

„Er ist hier", versicherte sie ihm und sich selbst und griff nach den Schuhen, die Carter gebracht hatte. „Danke. Das ist sehr nett von Ihnen."

„Kein Problem." Carter musterte Colt erneut, diesmal länger. „Also bist du der Neue ... *Junge*, was?"

Colt sagte nichts, nickte nur, während er Ace mit seinen Schuhen half.

Ace hatte keine Probleme, sich zu Wort zu melden. Er klopfte Colt auf die Schulter. „Er ist mein ältester Bruder. Er ist der *beste* große Bruder aller Zeiten. Du hast komische Augen."

„Ace", warnte Stacy scharf, während sie sich umdrehte, um Carter anzusehen. „Wir machen keine Bemerkungen über das Aussehen anderer Leute –" Sie keuchte und brachte ihre Reaktion dann so schnell unter Kontrolle, wie sie begonnen hatte.

Carters Augen waren zu Wolfsaugen geworden. Groß und strahlend, und sogar seine Augenbrauen waren viel zu pelzig, um menschlich zu sein.

Stacy sah sich im Raum um, aber bisher war weder Del noch sonst irgendjemand im Raum zu sehen.

Also benutzte sie ihre strengste Mutterstimme und schalt den jungen Mann. „Carter. Ich finde, so etwas sollten Sie nicht in der Öffentlichkeit tun. Hören Sie sofort damit auf."

Carter zuckte zusammen, als hätte man ihn mit einem Seil zurückgerissen. Seine Augen wurden blassblau, und die überschüssigen Haare verschwanden aus seinem Gesicht. Seine Miene war irgendwo zwischen geschockt und genervt. „Tut mir leid. Ich habe mir nichts dabei gedacht.”

„Nichts wobei gedacht?”

Es war Del, der am Ende der Bank stand. Kühles Selbstvertrauen strömte aus jeder Pore, als er sich neben Colt kniete und sich von Ace umarmen ließ.

„Es war nichts”, sagte Stacy schnell. Sie schenkte Carter ein herzliches Lächeln und den unausgesprochenen Befehl, nichts zu sagen. „Carter war so freundlich, die Schuhe herzubringen, um es uns leichter zu machen. Nochmal vielen Dank. Ich weiß das sehr zu schätzen.”

„Ähm, ja. Okay. Gern geschehen.” Carter riss sich zusammen, sein Blick huschte zwischen Colt, Del und Stacy hin und her, als wüsste er nicht, wer sich zuerst in den großen bösen Wolf verwandeln würde.

Stacy ignorierte ihn, drehte dem Jungen den Rücken zu und löste den Knoten, den Blaze bei seinen eifrigen Versuchen gebunden hatte. „Also, Bowling?”

„Eine schöne Art, Zeit miteinander zu verbringen”, sagte Del mit einem leicht gequälten Lächeln.

Aus irgendeinem Grund war sie jetzt noch mehr entzückt als alles andere. „Und ein Gruppendate noch dazu.”

„Das auch.” Eine weitere extrem geistreiche Antwort, als er Ace an der Hand packte und ihn auf die andere Seite der Bowlingbahn zog, bevor der Junge lossprinten konnte. „Komm, Colt, ich zeige dir und Ace, wo unsere Bahn ist.”

„Wir kommen auch gleich!”, rief Blaze über seine Schulter und wand sich, als sie sich beeilte, seine Schnürsenkel fertig zu binden. „Fangt nicht ohne uns mit dem Spaß an!”

Stacy lachte, und plötzliche, heftige Belustigung breitete sich in ihr aus. „Ja, du hast recht. Habt bloß keinen

Spaß ohne uns!", wiederholte sie und lächelte, als Del ihr über die Schulter zuzwinkerte.

Es war nicht das, was sie erwartet hatte, aber irgendwie war es genau richtig.

~

DELANEY WAR Blue eine Menge schuldig.

Als sein Cousin ihn sehr ernsthaft angewiesen hatte, Stacy und die Kinder beim ersten Date zum Bowlen einzuladen, war Del versucht gewesen, ihn zu schlagen. Eine halbe Stunde war vergangen, seit sie mit dem Spielen angefangen hatten, und Del konnte sich keinen besseren Ort vorstellen.

Oh, es hatte ein paar kleinere Unfälle gegeben. Wie die gequetschten Finger, die Blaze sich zugezogen hatte, als er versucht hatte, die Kugel zu fangen, die Ace fallen gelassen hatte. Die verschüttete Fanta, als Colt zu schnell zurückgegangen war und Blaze gegen Ace gestoßen hatte. Die gelegentlich zu hoch geworfene Bowlingkugel, die mit einem lauten Knall auf den Holzbrettern der Bahn landete.

Aber der Spaß, den die Kinder hatten, war Gold wert, und Stacys Gesichtsausdruck war pure Freude. Del genoss ihn wie einen guten Wein.

Außerdem hätte das WMA-Treffen auf den beiden Bahnen neben ihnen nicht besser arrangiert werden können. Stacy würde sich mit der *Wolf Mum Association* auseinandersetzen müssen, sobald das Schuljahr anfing. Hier war eine sichere, nicht bedrohliche Möglichkeit, die ersten Kontakte zu knüpfen.

Die acht Frauen, alle mit Kindern in verschiedenen Stadien des örtlichen Schulsystems, bowlten und plauderten und aßen und tranken mit wölfischer Hingabe.

Sie taten nicht einmal so, als würden sie Stacy und ihre Familie nicht neugierig anstarren. Nicht nur Colt, sondern auch die anderen Jungen. Wie Stacy auf sie reagierte und, was noch wichtiger ist, wie Del reagierte. Aufgesetztes gutes Benehmen würde bei dieser Gruppe nicht funktionieren. Del wusste es – nur die Starken überlebten eine WMA-Analyse.

Und er war nicht stark, nicht im Moment. Nicht, während Stacy Jeans trug, die ihren Po liebevoll umschmiegten, wenn sie sich zum Bowlen vorbeugte.

Wie in diesem Moment. Stacy bereitete ihren nächsten Wurf vor und stand mitten auf der Bahn. Ihr herzförmiger Po ließ ihn aufspringen und ihr anbieten, ihr das Werfen beizubringen, so wie er es bei Ace getan hatte.

„Mr. Del." Blaze zog an Dels Arm. „Kann ich meine Lieblingskugel wieder benutzen?"

„Sicher, Kleiner." Del holte tief Luft und versuchte, sich auf Stacys Kugel zu konzentrieren, als sie die Bahn hinunter auf ihr Ziel zurollte, aber es war vergeblich. Er konnte nicht aufhören, ihren Körper anzustarren, und ihm lief das Wasser im Mund zusammen.

Beherrschung, Mann. Öffentlicher Ort. Hier sind Kinder.

Del riss den Blick hoch, während er seine Position auf der Bank veränderte, und hoffte, dass die Erektion in seiner Jeans schnell genug zurückgehen würde, ohne dass sie jemand bemerkte, wenn er an die Reihe kam.

Das Grinsen auf Stacys Lippen, als sie auf ihn zukam, ließ jedoch darauf schließen, dass sie sich seines Kampfes nur allzu bewusst war.

Ein langes, tiefes „Aaaauuuu" ertönte von links. Del sprang auf und fing Blaze auf, bevor er auf seinem Po landete. Eine Hand an die Stirn gepresst, blinzelte Blaze wütend, als eine blaue Kugel mit weißem Glitter über den Boden glitt und von ihrer Bowlingbahn wegrollte.

„Würdest du bitte den nehmen, Colt?", befahl Stacy. Sie zog Blaze' Hände von seiner Stirn weg, und ihre Finger glitten über die Beule, die sich dort bildete. „Gab es einen Grund, warum du versucht hast, ihn mit deinem Gesicht zu fangen?"

„Del hat gesagt, ich kann meine Lieblingskugel wieder nehmen. Ich habe darauf gewartet, dass sie aus dem Kugelding springt, und das hat er gemacht. *Pop!* Und dann *bumm!* Das war so cool. Aua."

Oh, verdammt, das war seine Schuld. Del begegnete Stacys Blick, aber da war nichts als mütterliche Belustigung.

Sie drückte einen Kuss auf Blaze' Stirn. „Du wirst überleben. Leg deinen Kopf von jetzt an nicht mehr auf den Ballständer, okay?"

„Ja, Mom." Er rannte hinter Colt her, der ihm die Kugel mit ernstem Blick reichte, bevor sie sich zusammen an den Anfang ihrer Bahnen stellten. Füße weit auseinander, beide mit den Händen an ihren Kugeln. Dann schwangen sie sie nach hinten zwischen ihre Beine, und dann nach vorn und ließen sie rollen.

Nun, die Kugel hätte rollen sollen. Stattdessen warfen beide Kinder sie nach oben.

Zwei laute Knallgeräusche ertönten, als die Kugeln gleichzeitig auf den Boden knallten. Del blickte zum Büro der Bowlingbahn und überlegte, ob er anbieten sollte, eine Kaution zu hinterlegen.

Von links kam Ablenkung, als die WMA sich einmischte.

„Del. Macht es dir was aus, wenn wir kurz unterbrechen?" Mrs. Holmes trat zwischen die Bahnen und lächelte Stacy süß an. „Eine offizielle Vorstellung ist nicht nötig, aber ich wollte lieber früher als später Hallo sagen."

Die zweite Frau hatte einen weitaus besorgteren Gesichtsausdruck und trug einen flauschigen, glitzernden Schal. Janine war eher für einen Abend in der Oper als für einen Nachmittag auf der Bowlingbahn gekleidet. „Clara, wir sollten das später machen."

Ihr Ton ließ Del aufstehen, sein Beschützerinstinkt flammte heftig auf. „Gibt es ein Problem, von dem ich wissen sollte, Janine?"

Die Frau trat einen Schritt zurück und schuf Abstand zwischen ihnen, als wäre sie überrascht, ihn zu sehen. „Oh. Del."

Clara verdrehte die Augen und streckte Stacy eine Hand entgegen. „Ignorier sie. Das tue ich immer. Ich bin Clara Holmes, das ist Janine Bancock. Willkommen in Jasper."

„Danke." Stacy schüttelte kurz die Hand und nahm Ace dann in die Arme, als er auf die Bank kletterte, um den glitzernden Schal um Janines Hals genauer zu betrachten.

Janine zappelte weiter, ihr Blick huschte zwischen Stacy und den Jungs hin und her. „Hast du wirklich vor zu bleiben?", fragte sie in einem Ton, der nicht nur ans Unhöfliche grenzte; er überschritt die Grenze direkt und schlug sein Lager jenseits davon auf.

Del straffte seine Haltung, bereit einzugreifen, aber Stacy überraschte ihn, indem sie lachte und sich dann umdrehte, um ihm Ace zu reichen.

Sie begegnete Dels Blick entschlossen und zwinkerte dann so, dass nur er es sehen konnte. „Könntest du ihn für mich halten? Ich muss mich um was kümmern."

Ein glückliches Schluckaufgeräusch entfuhr Ace, als er

sich fest an Del klammerte. „Ich bin dran mit Werfen. Helfen Sie mir, Mr. Del."

„Mr. Del, mein Schuh steckt fest!", sagte Blaze vom Rand der Bahn.

Colt kniete am Boden und versuchte, die Schnürsenkel seines Bruders von der Stange zu lösen, die sie heruntergeklappt hatten, damit die Bowlingkugeln nicht in die Rinne rollten. „Bleib ruhig, B. Ich habe dich fast raus."

„Kann ich trotzdem werfen?", fragte Ace schniefend, als wäre er den Tränen nahe. „Ich will Blaze nicht treffen."

Ein Kampf drohte loszubrechen, aber Stacy drehte ihn fest zu den Jungen um. „Spiel bitte mit ihnen. Ich komme schon klar."

„Okay." Del ertappte sich dabei, wie er die Schultern straffte, als er auf die Jungen zuging. Sie würde klarkommen, sagte sie, also würde er ihr vertrauen.

So wie sie ihm ihre Kinder anvertraute.

Ein Gefühl von Stolz und Verbundenheit jenseits des Vorstellbaren erwachte in ihm, und Del konzentrierte sich darauf, die drei Jungen von allem zu befreien, außer von ihrem wachsenden Platz in seinem Herzen.

7

Nach einem letzten Blick auf Del, um sicherzugehen, dass er es unter Kontrolle hatte, konzentrierte sich Stacy auf das Problem vor ihr.

Und das war nicht die süße Clara Holmes, sondern die weitaus wirreren Mienen von Janine und einigen anderen Frauen im Hintergrund.

Stacy hatte das schon früher erlebt. Jede neue Familie in der Stadt wurde ins Kreuzverhör genommen. Die Leute würden berechtigte Fragen stellen, wie: *Sind sie gut genug für uns? Werden sie ein Problem darstellen?*

Sie war ein alter Hase darin, damit umzugehen ...

Nun, abgesehen von dem *Mein Sohn ist ein Wolfswandler und zum ersten Mal in seinem Leben in einem Rudel, und ich habe keine Ahnung, was das bedeutet*-Teil. Das war ein sehr guter Grund, warum sie Del einen kleinen Schubs geben und so schnell wie möglich ein paar Informationen bekommen musste.

Stacy war jetzt noch dankbarer für die Zeit, die sie am Vortag mit Sophie verbracht hatte. Die junge Frau hatte ihr

Geschichten über das Rudel erzählt. Das müsste fürs Erste als Munition reichen.

Also lächelte Stacy Clara süß an und konzentrierte sich dann auf Janine. „Ich freue mich wahnsinnig, dass ich zu meiner Schwester und meiner Freundin Cassidy in die Timberwolf Lodge gekommen bin. Wie du sicher gehört hast, arbeiten wir daran, sie im Herbst wiederzueröffnen, was bedeutet, dass ich tatsächlich vorhabe zu bleiben. Sowohl in der Timberwolf Lodge als auch in Jasper. Danke, dass du gefragt hast und für all die guten Wünsche, die sicher damit verbunden sind."

Janine öffnete und schloss ihren Mund wie ein Fisch.

Stacy musterte sie, als wäre sie zu lange in der Sonne gewesen. „Hast du irgendwelche Bedenken?"

Janine errötete, und ihr Blick huschte zu Del, der mit den Jungs bowlte. Offensichtlich hörte er immer noch dem Gespräch hinter ihm zu, genoss das Spiel aber offensichtlich auch. „Es ist nur so ..."

Sie hielt inne und blickte zurück zu ihren besorgten Kumpaninnen.

„Sprich es ruhig aus. Ich werde nicht beleidigt sein", versprach Stacy. Vielleicht angepisst, aber nicht beleidigt.

Janine richtete sich auf. „Einige von uns glauben nicht, dass unser Schulsystem ein guter Ort für deine Kinder ist. Du solltest darüber nachdenken, sie zu Hause zu unterrichten."

„Janine, wovon redest du?", wollte Clara wissen. „Wir haben nichts gesagt von –"

„Sie sind gefährlich für die anderen Kinder", platzte Janine heraus. „Das habe ich gehört. Wenn ein Wolf zu lange untrainiert bleibt, ist er nicht in der Lage, sich zu beherrschen." Sie sah Stacy direkt in die Augen. „Kannst du mir ehrlich versprechen, dass Colt keinem anderen Kind wehtun wird?"

„Nein", antwortete Stacy sofort. Schock machte sich in der Menge breit, und Janines Gesichtsausdruck hellte sich ein wenig auf, als hätte sie gepunktet. Dann holte Stacy zum tödlichen Schuss aus. „Kannst du versprechen, dass deine Tochter Brandy keinem anderen Kind wehtut? Oh, Moment. Das kannst du nicht, weil sie das schon gemacht hat. Wann war das nochmal, letztes Jahr, ja? Ein Zwischenfall auf dem Spielplatz in der Pause?"

Janine sah entsetzt aus. „Woher weißt du –"

„Ich bin sicher, es war ein Unfall, aber die Wahrheit ist, Kinder machen manchmal Fehler. Deshalb würde ich nie versprechen, dass Colt, Blaze oder Ace nicht an einem kindischen Streich beteiligt sein könnten, bei dem jemand verletzt wird. Aber ich kann versprechen, dass keiner meiner Söhne *absichtlich* ein anderes Kind mit Stöcken piesacken wird, bis das arme Opfer höher auf das Klettergerüst klettert, als es sich normalerweise trauen würde, und dann herunterfällt und sich den Arm bricht."

Glücklicherweise gab es nun deutlich weniger Leute wie Janine auf der anderen Seite der Linie als Stacys zahlreiche Unterstützer in der Gruppe. Janine war wieder einmal sprachlos, ihr Gesichtsausdruck noch entsetzter und sehr, sehr schuldbewusst.

Clara schüttelte den Kopf in Janines Richtung und nickte dann entschlossen in Stacys Richtung. „Das tut mir so leid. Wir werden uns mit ihr auseinandersetzen."

„Es gibt nichts, wofür du dich entschuldigen müsstest", beharrte Stacy. Sie mochte es vielleicht nicht, angegriffen zu werden, aber irgendetwas fühlte sich komisch an. Die Art, wie Janine und die Frauen neben ihr fast ... erleichtert aussahen, dass sie bloßgestellt worden waren, war seltsam.

„Ich mache keiner Mutter einen Vorwurf daraus, wenn sie ihre Kinder beschützen will. Und Janine hat recht – Colt hat bisher kein Training genossen. Ich auch nicht, aber wir werden das so schnell wie möglich nachholen." Sie deutete hinter sich. „Del hat angeboten, Colt zu unterrichten, also bin ich sicher –"

„Del ist Colts Mentor?", piepste Janine.

Clara warf einen weiteren dieser wissenden Blicke zwischen Stacy und Del hin und her und lächelte dann. „Nun, das erklärt viel. Lasst uns einfach zu unserem Spiel zurückkehren. Ladys." Sie stieß einen scharfen Pfiff aus, bevor sie sie auf ihre eigenen Bahnen zurücktrieb. Sie warf einen Blick über ihre Schulter. „Ich melde mich später in dieser Woche bei dir, Stacy. Dann gehen wir Kaffee trinken."

„Das wäre schön", sagte Stacy ehrlich.

Denn während sie Del sofort grillen würde, um mögliche zukünftige Wolfskind-Probleme auszuloten, wäre Clara eine weitaus bessere Quelle für mütterliche Lösungen.

Eine der Frauen aus Janines Gruppe blieb zurück. Patsy sprach leise, als würde sie laut nachdenken. „Del ist offensichtlich die perfekte Wahl als Mentor. Trotzdem, ich weiß, dass du glücklich sein wirst, wenn er nicht mehr so viel da sein muss."

Stacy betrachtete die Frau. „Warum um Himmels willen sollte ich Del nicht um mich haben wollen? Der Mann ist köstlich."

Patsy riss die Augen auf.

Eine bewusste Wortwahl, um die größtmögliche Wirkung zu erzielen, machte so viel Spaß. „Gibt es sonst noch etwas, das du mir sagen wolltest?"

Die andere Frau hielt inne. Sie warf Del einen Blick zu

und kehrte ihm dann den Rücken zu. Sie senkte ihre Stimme zu einem bloßen Lufthauch und murmelte: „Er ist hübsch, aber er ist keine sichere Wahl. Denk daran, sonst wirst du es bereuen. Wie *ihn*."

~

STACY BEENDETE ihre Diskussion mit der WMA ungefähr zu dem Zeitpunkt, als Ace seine Schnürsenkel an die Schuhe seiner beiden Brüder band.

Das bedeutete, dass alle drei Jungen sich auf die Bank neben dem Haupteingang setzten und ihre eigenen Schuhe wieder anzogen, während Delaney versuchte, den gordischen Knoten zu entwirren, den der Jüngste gebunden hatte.

„Unsere Zeit war um", sagte Colt zu seiner Mutter, als sie sich zu ihnen gesellte. „Ich hatte einen Strike."

„Ich einen Spare", verkündete Blaze.

Um nicht außen vor zu bleiben, dachte Ace offensichtlich angestrengt nach, eine Falte zwischen seinen Brauen, bevor er aufgeregt verkündete: „Ich habe ein ... Sprocket."

„Gut gemacht." Stacy zerzauste ihm das Haar. „Dann ist unser Date vorbei?"

Auf keinen Fall. Nicht, bevor Del wenigstens ein bisschen Zeit mit ihr in weniger als zwei Metern Abstand verbracht hatte.

Er schüttelte den Kopf. „Ich dachte, wir könnten ..." Er verstummte und überlegte. Es schien vernünftig, erst nachzufragen, bevor man es ankündigte. „E-i-s-e-s-s-e-n gehen. Wenn das für dich okay ist."

„Ja!" Blaze sprang hoch und wirbelte zu Ace herum. „Wir gehen Eis essen!"

„Eis, Eis, Eis, Eis!", sangen Blaze und Ace, während sie im Kreis um Colt tanzten.

Ihr älterer Bruder grinste breit, packte dann ihre Hände und zog sie neben sich. Er neigte sein Gesicht zu Del. „Wir lieben Eis. Das war das erste Wort, das Blaze buchstabieren konnte."

„Das sehe ich." Del wollte Stacy fragen, aber sie brachte die Schuhe zurück an die Theke und blieb stehen, um mit dem jungen Wolf zu sprechen, der dort arbeitete. Dem, mit dem kurz vor Dels Ankunft etwas passiert war.

Es schien, als würden die Ausflüge mit Stacy und den Jungs sehr unterhaltsam werden.

Sie gingen zur Tür hinaus und die Straße hinunter zur Eisdiele. Das Geschäft hatte sich auf den Sommer eingestellt, was bedeutete, dass sie draußen bestellen und draußen essen konnten, was großartig war, denn trotz der letzten sehr aktiven Stunde schienen die Jungs immer noch einen endlosen Vorrat an Energie zu haben.

Als sie sich alle mit ihren Waffeln in der Hand niedergelassen hatten, konnte Del wirklich eine Pause gebrauchen.

Stacy klopfte ihm auf die Schulter. „Entspann dich, ich übernehme jetzt die Aufsicht."

Del blinzelte. „War ich nicht entspannt?"

Sie zuckte mit den Schultern. „Nicht wirklich. Aber du bist immer wachsam, wenn jemand anderes in der Nähe ist. Sogar in der Lodge ist mir aufgefallen, dass du in höchster Alarmbereitschaft bist. Als ob du die ganze Zeit auf deine Umgebung achten müsstest."

„Hüter", bot er schulterzuckend als Entschuldigung an.

Sie hob eine Augenbraue.

Ähm. „Überbleibsel aus deiner Zeit als Alpha?"

Jetzt wurde ihr Gesichtsausdruck weicher. „Kannst du laut sagen."

„Was möchtest du wissen?"

Stacy schnaubte leise. „Alles?"

„Das könnte länger dauern, als eine Eiskugel reicht", bemerkte er.

„Dann solltest du mit dem wichtigsten Teil anfangen, und wir unterhalten uns später weiter, bis wir über alles gesprochen haben." Sie leckte an ihrem Eis, und alle Gedanken an Rudel, Alpha und Hüter verschwanden zusammen mit dem Blut, das sein Gehirn versorgte, gen Süden.

Gott, sein Schwanz würde ihn umbringen.

Del drehte sich weit genug um, um die Jungs beobachten zu können und nicht zu sehen, wie ihre Zunge ihre Eistüte bearbeitete. „Spezifische Frage zu Alphas?"

„Du warst der Alpha des Jasper-Rudels. Jetzt bist du es nicht mehr. Macht dich das traurig?"

Mit dieser Art von Fragen konnte er problemlos umgehen. „Jace war eindeutig der bessere Wolf für den Job. Mein Wolf hat das Kommando freiwillig abgegeben, besonders, nachdem ihm die Rolle des Hüters angeboten worden war."

„Es gibt also kein böses Blut zwischen dir und Jace?"

Er lachte leise. „Du meinst, ob ich es ihm nachtrage, dass er mir den Job weggenommen hat? Das ist ein menschliches Gefühl. Ich war Alpha, weil ich es sein musste. Ich habe meinen Job gut gemacht, bis ich ihn nicht mehr machen musste. Jetzt werde ich der Hüter sein, den das Rudel braucht, und das befriedigt sowohl meine menschliche als auch meine Wolfsseite."

Stacy nickte langsam, als würde sie im Kopf Tabellen

ausfüllen. „Du musst mir noch viel mehr erzählen. Besonders darüber, wie es ist, ein Wolf zu sein, denn Cassidy wird mir erzählen, was sie kann, aber sie lernt selbst immer noch."

„Sie ist auch ein Alpha. Nicht alles, was sie lernt, wird auf dich zutreffen", warnte er.

Noch ein Nicken. Stacy schmiegte ihr Bein an seins. „Erzählst du mir später mehr? Heute Abend? Wenn die Jungs im Bett sind?"

Sein Herz war kurz davor, bis zum Hals zu klopfen. „Das wäre schön. Ich dachte, vielleicht ..." Nein, das war sein Job, verdammt. Kein Grund, um das Thema herumzureden. „Nach dem Abendessen werde ich anfangen, mit Colt zu arbeiten. Wenn du dabei sein willst, bist du herzlich willkommen. Genau genommen wäre es gut, wenn du dabei wärst. An manchen Tagen werde ich auch die anderen Jungs dazuholen, aber heute Abend möchte ich, dass es nur Colt ist. Ist das okay?"

Stacys Gesichtsausdruck wurde ernst. „Absolut. Ich werde Steph bitten, auf Ace und Blaze aufzupassen. Colt und ich werden bereit sein, wenn du es bist."

„Und wenn er fertig ist", Del ließ seine Finger für einen kurzen Moment über ihren Oberschenkel gleiten. „Können wir vielleicht noch ein bisschen plaudern."

Ihre Wangen röteten sich. „Ich habe einen wunderbaren Balkon, auf dem wir uns in Ruhe unterhalten können."

„Das würde mir gefallen." Schalk und Verlangen tanzten in seinem Bauch. „Gut zu wissen, dass du keine Angst vor dem gefährlichen Delaney hast."

Stacy senkte die Wimpern. „Du hast sie gehört?"

„Das und noch mehr." Er grinste. „Köstlich, was?"

„Mh-hmm." Sie überraschte ihn und leckte demonstrativ an ihrer Waffel, bevor er wegsehen konnte.

Er würde nie von dieser Bank aufstehen können. Nicht in den nächsten fünf Stunden oder bis der erste Schneefall ihn abkühlte. „Unruhestifter."

Sie schmunzelte. „Das Eis ist lecker."

8

———

Zurück im Haus war Stacy genauso aufgeregt wie ihre Jungs. Trotzdem gab es genug zu tun, um sie abzulenken, bis Del zurückkam. Sie scheuchte die Jungs mit strengen Anweisungen die Treppe hinauf. „Nach oben mit euch und ab in die Wanne! Ich will frische Klamotten, geputzte Zähne und keine klebrigen Finger mehr sehen."

„Wir müssen uns vor dem Abendessen die Zähne putzen?" Blaze klang geschockt.

„*Und* danach. Wie schrecklich ist das?", stimmte Stacy zu. „Ihr könnt die neuen Superheldenhandtücher benutzen, die ich gekauft habe, wenn ihr aus der Wanne kommt. Ich bringe sie in ein paar Minuten hoch", sagte sie und wurde mit begeistertem Jubel belohnt.

Ihre Söhne huschten davon, und sie seufzte glücklich; als sie sich umdrehte, entdeckte sie Cassidy und Jace, die zusammengerollt auf dem Sofa im Wohnzimmer lagen und amüsiert zusahen.

„Tut mir leid, dass ich störe", sagte sie.

Jace winkte ab. „Überhaupt nicht. Schön, dich mit den Jungs zu sehen. Du bist eine gute Mama."

„Die beste", stimmte Cassidy zu, die mit ihren Beinen über Jace' lag. Ihre Hände waren in ihrem Schoß verschränkt. Ihre Position war intim, aber nicht peinlich.

„Ich liebe es, euch beide so zu sehen", sagte Stacy. „Ihr seht süß zusammen aus."

„Ein perfektes Set", sagte Jace geschmeidig und streckte seinen freien Arm über die Rückenlehne des Sofas, um Cassidy in seine Arme zu schließen. „Wie war der Ausflug zur Bowlingbahn? Abgesehen davon, dass irgendwas klebrig war?"

Sie wollte gerade mit allgemeinem Gelaber antworten, als sie ein Glitzern in Cassidys Augen bemerkte. Stacy stemmte die Fäuste in die Hüften. „Du weißt doch schon von der WMA."

Cassidy schnitt eine Grimasse. „Wolfsklatsch verbreitet sich schneller als Kleinstadtklatsch, der sich wiederum schneller verbreitet als Altenheimklatsch."

„Lichtgeschwindigkeit?"

„Tesserakt." Cassidys Grinsen ging jetzt über ihr ganzes Gesicht. „Habe gehört, du hast das prima geregelt."

Stacy winkte ab. „Das sind nur Mütter, die sich um ihre Kinder sorgen. Wir haben darüber gesprochen. Es ist alles in Ordnung."

Jace und Cassidy nickten beide, aber Jace' Gesichtsausdruck wurde hart. „Denk einfach daran, dass wir für dich da sind, wenn du jemals das Gefühl hast, dass mehr nötig ist, als das Problem zu besprechen. Das ist unser Job als Alphas."

„Ich weiß. Und da das immer Cassidys Job als meine Freundin war, ist das kein Neuland für mich. Zumindest nicht dieser Teil", sagte Stacy lächelnd.

„Hm." Cassidy zog eine Augenbraue hoch und überlegte. „Da hat sie recht."

„Ich lasse euch beide bis zum Abendessen allein." Stacy ging ein paar Schritte und fragte dann: „Oh, weiß einer von euch, wo Steph ist?"

„Im Spa. Sie hat eine Lieferung bekommen, und Blue hilft ihr beim Auspacken."

Als Stacy die beiden zurückließ, unterhielten sie sich leise, und die Verbindung zwischen ihnen war wie ein lebendiges, atmendes Wesen. Sie war nicht gerade eifersüchtig, aber es war etwas, das in ihrem eigenen Leben fehlte.

Sie hatte James geliebt, und er war gut zu ihr gewesen, aber er war auch jedes Jahr, das sie zusammen gewesen waren, monatelang im Einsatz weggewesen. Sie und Porter schienen eine Verbindung gehabt zu haben, bis zwischen ihnen nichts außer Angst und Verachtung übrig gewesen war.

Wie wäre es, eine echte, tiefe Seelenbeziehung mit jemandem zu haben?

Die Erinnerung an die Liebkosung von Dels Bartstoppeln entlang ihres Kiefers ließ sie vor Verlangen erschauern. Okay, seelentief wäre schön, aber ein bisschen glühende Leidenschaft wäre ein guter erster Schritt. Sie vermisste es, berührt zu werden, als wäre sie ein Schatz. Als wäre es wichtig, ihr Lust zu bereiten.

Ihre Gedanken waren bei Dels starken Händen und wie er sie benutzen würde, als sie die Tür zu Stephanies Spa öffnete. „Hey, Schwesterherz, du hast diese ..."

Auf den Arbeitsflächen entlang der Wände lagen Schachteln mit offenen Deckeln verstreut. Das Fenster war ganz hochgeschoben und eine warme Sommerbrise wehte herein und ließ die Windspiele, die Stephanie aufgehängt hatte, wie Feenglöckchen klingeln. Lauter jedoch war ein tiefes, grollendes Geräusch, das durch den Raum hallte, so laut, dass es Stacys Ohren summen ließ.

Stephanie hob einen Finger an ihre Lippen.

Stacy trat durch die Tür und hielt dann leicht geschockt inne. Sie formte mit den Lippen die Worte „Was ist los?".

Blue lag auf der tragbaren Massageliege. Er lag auf dem Bauch, den Kopf zur Seite gedreht, und war vollständig bekleidet. Das Grollen kam offensichtlich von ihm, aber das Unerwartete waren die hellgrauen, pelzigen Ohren, die aus seinem zerzausten Haar ragten. Vollkommen menschlich, mit einem glückseligen Lächeln im Gesicht und einem Satz Wolfsohren.

Stephanie zuckte mit den Schultern. „Wir haben Kristalle ausgepackt und über Reiki-Energieflüsse gesprochen, die ich ausprobieren wollte. Blue bot mir an, ihn als Versuchskaninchen zu benutzen."

„Du musst die Auswirkungen von Reiki auf die Physiologie von Wölfen genauer erforschen", schlug Stacy vor. „Er ist ... vollkommen weg vom Fenster. Und die Ohren ..."

„Ich schwöre, ich habe nichts gemacht, außer sein Sakralchakra zu streicheln."

Stacy verkniff sich ein Lachen. „Nun, ich kann mir vorstellen, dass das ein Problem sein könnte."

„Das wusste ich nicht." Stephanie kicherte leise. „Aber er ist süß."

„Süß, aber er kann in Jasper so nicht auf die Straße, außer vielleicht an Halloween."

„Ich kann euch hören", murmelte Blue. „Bin nur zu entspannt, um mich darum zu scheren."

Stephanie strich ihm mit der Hand über den Rücken. „Ähm, das mit den Ohren tut mir leid."

„Was?" Blue hob die Hand und berührte eines mit den

Fingerspitzen. „Hm. Das ist cool." Er richtete sich langsam auf, streckte den Hals und blickte dann auf sein Spiegelbild im Fenster. „Interessant."

„Kannst du ..." Stephanie wackelte mit den Fingern.

Blue grinste. „Sicher."

Er hob die Hände, wackelte mit den Fingern und grinste.

Stephanie versetzte ihm einen Klaps auf den Kopf. „Benimm dich."

„Oder was? Streichelst du wieder meine Chakren?"

Sie kniff die Augen zusammen. „Was passiert, wenn ich deine Chakren *schlage*? Wachsen dir dann Schuppen und Flügel?"

„Vielleicht, wenn ich ein Drachenwandler wäre." Er hob eine Hand und unterbrach ihre Frage. „Ich mache nur Spaß. Ich kenne keine Drachenwandler, aber ich lebe in der Hoffnung, eines Tages einen zu treffen. Gib mir einen Moment."

Er schloss die Augen und entspannte die Schultern. Im nächsten Moment waren seine Ohren wieder hautfarben, rund und ganz menschlich.

Stephanie sah sehr erleichtert aus. „Okay, gut. Das ist gut." Sie tätschelte ihm die Schulter. „Ich wollte dich nicht kaputtmachen."

„Schon gut. Du musst lernen und ich auch." Blue begegnete Stacys Blick. „Siehst du? Wir nehmen alle Wolfsunterricht."

Dabei fiel ihr etwas ein. „Superheldenhandtücher, Steph. Ich habe Jungs zum Entkleben in die Wanne geschickt und muss sie jetzt aus der bösen Wanne retten."

„Geht klar."

Während des Saubermachens in der Wanne und beim Abendessen ging Stacy Blues Bemerkung nicht aus dem

Kopf. Sie lernten alle. Es gab keinen Leitfaden, wie man die Mutter eines Wolfswandlers war.

Aber Junge, Junge, könnte sie jetzt gerade einen gebrauchen!

Nach dem Abendessen und Aufräumen kümmerten sich Cassidy und Stephanie oben um Ace und Blaze.

„Tantenzeit", verkündete Steph. „Lasst euch schön verwöhnen, ja?"

„Man kann einen Jungen nicht genug verwöhnen. Liebe macht ihn nur süßer", zitierte Ace aus dem Gedächtnis, bevor er aufsprang. „Kann ich mir einen Film ansehen?"

„Klar. Ich leg' dir einen ein; und dann spielen Blaze, Tante Steph und ich ohne dich Weltraumpiraten im Baumhaus." Cassidy zuckte nicht einmal mit der Wimper, als Ace auf sie sprang und bettelte, auch mitkommen zu dürfen.

„Zwing mich nicht, einen Film anzuschauen!", jammerte er. „Ich bin ein Pirat. Harr, harr, harr."

Stacy überließ ihre beiden Jüngsten Stephanies und Cassidys fähigen Händen.

Ihr ältester Sohn saß am Küchentisch und wartete auf Del.

„Brauchst du eine Umarmung?", fragte Stacy.

Colt schüttelte den Kopf. „Ich habe keine Angst. Ich will nur wissen, was ich machen muss." Er verzog das Gesicht. „Okay, ich habe ein bisschen Angst."

Sie setzte sich neben ihn und hielt seine Hand. „Ich auch, Kurzer. Aber die Wahrheit ist, wir können eigentlich nichts falsch machen. Weißt du? Du bist mein Sohn. Ich bin deine Mom. Das machen wir schon ganz gut. Und der Rest?" Sie winkte unbekümmert mit der Hand. „Feinheiten."

Er legte seinen Kopf auf ihren Arm. „Ich hab' dich lieb, Mama."

„Ich liebe dich auch, Sweetheart."

~

DEL HATTE NICHT VORGEHABT zu lauschen, aber sie hatten das in dem Moment gesagt, bevor er die Küchentür öffnete. Klar und rein. Süß und hell schwebten die Worte durch die offene Fliegengittertür und erfüllten sein Herz mit Hoffnung.

Die aufopfernde, bedingungslose Liebe einer Mutter zu ihrem Kind. Die vertrauensvolle, unerschütterliche Liebe eines Kindes zu seiner Mutter. Was auch immer Del Colt beibringen musste, verlor an Bedeutung.

Stacy hatte recht. Den wichtigsten Teil hatten sie schon im Griff.

Mit diesem Gedanken im Kopf lächelte er, als er sich dem Tisch näherte. „Hey. Bist du bereit?"

Getrampel schallte durch das Wohnzimmer, begleitet von einem Chor von Piratengeschrei. Dann schlug die große Tür zu, und alles war still.

Stacy senkte ihr Kinn. „Die Eindringlinge haben uns verlassen. Wir haben die Festung für uns allein."

„Gut, denn das ist kein Küchentisch-Gespräch", erklärte Del Colt. „Kommt. Suchen wir uns einen besseren Platz."

Sie landeten in Stacys Suite. Das Wohnzimmer war weitgehend leer, und dort ließ sich Del am Boden nieder, Colt neben ihm, und beide lehnten sich an das Sofa hinter ihnen.

Stacy rollte sich ihnen gegenüber in einem Sessel zusammen und zog eine kuschelige Decke um sich.

Del wandte sich von ihr ab, um sich ausschließlich auf seinen Schüler zu konzentrieren.

„Lass uns zuerst eines klarstellen", sagte Del zu Colt. „Du bist ein Wolfswandler. Punkt. Das bist du seit deiner Geburt. Deine Mum hat gesagt, du hast das erste Mal gewandelt, als du etwa vier Monate alt warst, also zu der Zeit, zu der so ziemlich jeder zum ersten Mal wandelt. Du musst nicht lernen, ein Wolf zu sein. Du brauchst den langweiligen anderen Kram, okay?"

Der Junge war fast erleichtert. „Ich mache das nicht falsch?"

Del lachte. „Nein. Du kannst das nicht falsch machen. Wolf sein ist Wolf sein. Konzentrieren wir uns also auf die anderen Teile. Du hattest kein Rudel, was bedeutet, dass du keine Etikette gelernt hast. Das ist ein schickes Wort für gute Manieren."

Colt verzog das Gesicht, ein klares Zeichen, dass er angestrengt nachdachte. „Wie Bitte und Danke sagen?"

„Ja, nur die Wolfsversion davon. Dabei geht's immer noch darum, höflich zu sein, aber die Regeln sind anders, weil wir nicht nur Menschen sind, die versuchen, die Kommunikation reibungsloser zu machen. Wir sind auch Wölfe, also klingen Bitte und Danke anders."

Der Junge nickte. „Okay."

Del hatte seine Hausaufgaben gemacht, also erklärte er die wichtigen Teile so einfach wie möglich. Nicht alles auf einmal, erinnerte er sich. „Neben Manieren gibt es auch körperliche Tricks, die wir von erfahreneren Wölfen lernen. Einige davon hast du vielleicht selbst herausgefunden, aber da du auch in einer Stadt gelebt hast, werde ich dafür sorgen, dass du diesen Sommer all die Dinge üben kannst, die deine Klassenkameraden schon wissen, bis die Schule wieder anfängt."

Colts Lippen zuckten. „Vielleicht kannst du mir auch ein paar Tricks beibringen, die sie noch nicht wissen."

„Cleverer Junge. Wir werden sehen, wie es läuft." Del beugte sich vor und ließ Colt zusehen, wie er lange und langsam schnupperte. „Ein anderer Teil des Körperlichen hat nichts mit Wandeln zu tun, sondern damit, das zu nutzen, was wir in menschlicher Gestalt haben. Ich weiß zum Beispiel, dass du vorhin gebadet hast. Du hast dein Gesicht und deine Haare gewaschen, aber bist nie ganz untergetaucht, oder?"

Der „oh Scheiße"-Blick, den Colt seiner Mutter zuwarf, sagte alles. „Ähm, Blaze und Ace haben den ganzen Platz eingenommen", erklärte er.

„Sicher. Ich glaube dir", sagte Del, während er seinen Kopf schüttelte.

Wieder verzog er das Gesicht. „Ich mag es nicht, meinen Kopf in der Wanne unterzutauchen", gestand Colt.

Del zögerte. „Seit dem Fluss?"

Colt hielt inne, als würde er über eine Lüge nachdenken, begegnete dem Blick seiner Mutter erneut und schüttelte dann kühn den Kopf. „Nein, schon immer. Ich habe nichts gegen Schwimmbäder oder den See, aber Wannen sind eklig."

Was immer noch unbeantwortete Fragen ließ, aber für den Moment reichte es.

„Dann musst du daran denken, deinen Hals und deine Haare zu waschen. Benutze einen Waschlappen oder sowas. Sonst merken es die Wölfe." Del tippte sich an die Seite seiner Nase. „Wir haben gute Nasen."

Colt nickte, begierig darauf, das Thema zu wechseln. „Auf der Bowlingbahn hat was ziemlich übel gerochen."

Hm. Del hatte einen Hauch von etwas wahrgenommen, aber der Gedanke daran war unter dem ablenkenden

Geruch seiner Gefährtin verschwunden, die in ihren verdammt sexy Jeans vorbeigegangen war.

Verdammt! Was für ein toller Hüter er war.

Er musterte Colt genauer. „Übel inwiefern?"

„Stinkig. Süß, aber nicht wie Eiscreme. Wie der Hund des Nachbarn, als sie vom See zurückgekommen sind."

Del warf Stacy einen fragenden Blick zu.

Sie runzelte die Stirn. „Meinst du Buster?"

„Mh-hm." Colt zappelte auf der Stelle. „Die Bowlingbahn hat so gerochen, besonders in der Nähe der Frauen. Und manche Kugeln haben mehr gestunken als andere."

Stacy begegnete Dels Blick. „Buster ist ein großer alter Schäferhund. Er hatte zu Beginn des Ausflugs eine Begegnung mit einem Stinktier, aber als sie nach Hause gekommen sind, konnte ich nichts mehr riechen."

Interessant. Del nahm sich vor, nochmal zur Bowlingbahn zu fahren. „Danke für die Erklärung. Ich werde der Sache nachgehen. Aber du hast gute Arbeit geleistet, sowohl zu riechen als auch damit umzugehen, wie es ein guter Wolf tun sollte."

Colt blinzelte. „Ähm. Okay?"

„Du hast was Komisches gerochen, aber du hast kein großes Aufheben darum gemacht. Nicht jeder kann riechen, was du riechst. Kannst du verstehen, warum Grimassen schneiden oder dich beschweren zeigen würde, dass du eine bessere Nase hast als die meisten Menschen?"

Jetzt nickte Colt wie ein Wackeldackel. „Ich habe es niemandem außer Mama erzählt. Und jetzt Ihnen."

„Richtig, und das gehört dazu, ein vernünftig denkender Wolf zu sein. Denn wir müssen den richtigen Leuten erzählen, was wir wahrnehmen, besonders die Dinge, die nicht alltäglich sind."

„Woher weiß ich, wer die richtigen Leute sind?", fragte Colt.

„Du wirst lernen, wer auf deiner Liste dafür steht. Deine Mum ist immer die richtige Person." Jetzt wateten sie in sumpfiges Gebiet. „Andere sind fast immer richtig, aber warte, bis dein Wolf sagt, dass sie richtig sind. Und wenn dein Wolf seine Meinung jemals ändert? Nun ..."

Stacy und Colt starrten ihn an. In Colts Gesichtsausdruck lag ein Hauch von Verwirrung und in Stacys Angst.

Del seufzte. „Und dein Mentor hat gerade die erste Regel des Lehrens gebrochen."

„Und die ist?" Colt blinzelte heftig.

„Versuch nicht zu erklären, was du demonstrieren kannst. Denk einfach daran, dass deine Mama deine wichtigste Person ist und du ihr alles erzählen kannst. Was alles andere angeht, vertrau deinem Wolf, okay?"

„Okay."

Delaney hob eine Hand, und Colt gab ihr ein High-Five.

„Nun zu wichtigeren Dingen. Wie gut bist du im Wandeln?", fragte Del.

Im nächsten Moment saß Colt in seiner Wolfsgestalt da, ein junger, schieferschwarzer Wolf, der in seinem Sweatshirt und seiner Hose verschwand.

Del lachte begeistert. „Also ziemlich gut. Nicht so gut darin, dich daran zu erinnern, dass es verflixt unbequem ist, in Kleidung zu wandeln." Del zog Colt das Sweatshirt aus und warf es auf das Sofa. „Gib mir einen Moment, dann üben wir Fährtenlesen."

Delaney zog sich aus und wandelte, und die Macht brandete über ihn wie eine Welle. Köstlich und perfekt, so war er.

In Wolfs- und Menschengestalt.

Wenn er sich absichtlich direkt vor Stacy ausgezogen hätte, nun, seinem Wolf war das egal. Sein Mensch war klug genug, jede Gelegenheit zu nutzen, um seine Gefährtin zu beeindrucken und sie für sich zu gewinnen. Ein bisschen unfair zu spielen, konnte ihm am Ende nur helfen.

9

Wie Stacy den nächsten Teil der Lektion überstand, ohne in Flammen aufzugehen, wusste sie nicht. Spontane Selbstentzündung? Absolut eine Sorge, wenn Del nackt und in der Nähe war.

Guter Gott und meine Güte und wow! Der Mann war gut gebaut.

Irgendwie hatte sie die Kleider ihres Sohnes und auch die von Del aufgehoben und auf die Veranda gebracht, als sie zum Fährtenlesen nach draußen gingen.

Colt vibrierte vor Freude und wedelte mit dem Schwanz wie ein Welpe, als Del sie hin und her durch den Garten führte. Mal versteckte er sich, mal forderte er Colt auf, sich zu verstecken.

Und das alles, ohne dass ein einziges Wort gesprochen wurde. Zumindest kein menschliches Wort.

Eine riesige Gestalt erschien um die Ecke des Hauses und ging mit einem unlesbaren Gesichtsausdruck auf sie zu. Marvin war wirklich einer der größten Männer, die sie je gesehen hatte, aber jetzt, da sie ihn etwas besser kannte, war es schwer, eingeschüchtert zu sein.

„Ich sehe, der Junge bekommt Unterricht." Marvin stützte seine Unterarme auf das Geländer der Veranda. „Gut. Gut. Del ist wohl ziemlich gut darin."

„Ist er wohl", wiederholte Stacy, größtenteils belustigt.

„Aber wenn es Zeit für die wirklich wichtigen Wandler-Lektionen ist, solltest du ihn zu mir schicken." Auf ihren überraschten Laut hin nickte Marvin. „Oh ja. Ich bin der Beste der Besten, weißt du."

Stacy wünschte, Del wäre tiefer in die Etikette-Lektionen eingestiegen, denn das war vielleicht ein total unhöflicher Kommentar, aber sie machte ihn trotzdem. „Ähm, aber du bist ein Elch. Colt ist ein Wolf."

Marvin winkte das als irrelevant ab. „Macht ist Macht. Wölfe verheddern sich in ihrer Rudeldynamik und vergessen dabei das große Ganze." Er zeigte auf die Bäume. „Ha – gut gemacht. Del hat gerade versucht, ihn auszutricksen." Marvin rief ihm aufmunternd zu. „Gut gemacht, Colt! So ist es richtig!"

Es war unterhaltsam und ablenkend genug, Marvin hierzuhaben, sodass Stacys Libido eine Chance hatte, sich abzukühlen, bevor die Lektion zu Ende ging. Marvin ging, Delaney verschwand zwischen die Bäume, und Colt wandelte und grinste sie an.

„Hast du mich gesehen, als er oben auf dem Baum war? Ich wusste, dass er da war."

„Du warst unglaublich. Aber jetzt musst du dich bettfertig machen." Piratengesang kam näher. „Ich denke, deine Brüder werden dir auch von ihrem Abend erzählen wollen."

„Ich werde ihnen davon erzählen, dass man ganz, ganz still sein und zuhören muss. Das können sie, auch wenn sie Menschen sind." Colt sprang auf und umarmte sie glücklich. „Das hat so viel Spaß gemacht. Und ich habe viel gelernt."

„Das freut mich." Sie küsste ihn und schob ihn dann zur Tür. „Ich komme gleich hoch, um dir einen Gutenachtkuss zu geben."

„Okay. Oh", er drehte sich um, „Del hat gesagt, er kommt gleich zurück und muss mit dir sprechen."

Das hatte er? Also konnten Wölfe wirklich reden. „Danke."

Sie war sich nicht sicher, ob sie reingehen oder dort warten sollte, besonders, da Dels Klamotten auf einem Haufen auf der Hollywoodschaukel lagen. Sie war sich nicht sicher, ob sie Dels nackten Körper noch einmal ertragen konnte, ohne ihn anzuspringen.

Seltsamerweise wurde ihr ganz anders, als er vollständig bekleidet um die Ecke des Hauses kam. „Hey. Ich hoffe, ich habe dich nicht zu lange warten lassen", sagte er.

„Nein. Du wolltest reinkommen, um zu plaudern, ja?" Nichts von ihrer furchtlosen Energie beim Flirten an diesem Nachmittag war geblieben.

Sein Gesichtsausdruck wurde enttäuscht. „Es ist was dazwischengekommen, Hüterpflichten. Ich kann nicht länger als ein paar Minuten bleiben."

„Oh. Okay." Eine Welle der Enttäuschung überkam sie, aber sie verdrängte sie mit einem Lächeln. „Du warst wunderbar mit Colt."

„Er hat es großartig gemacht. Ich hatte einen Riesenspaß." Del deutete auf die Hollywoodschaukel und schob seine Kleider beiseite. „Ich muss den Unterricht für dich verschieben. Es tut mir wirklich leid."

„Deine Aufgabe als Hüter ist wichtig. Ich verstehe", beharrte sie. „Ich bin nur enttäuscht. Und ich sage das nicht, um dir ein schlechtes Gewissen zu machen, sondern damit du weißt, dass ich mich darauf freue, wenn wir ... reden können."

Sein Blick glitt über sie, und Hitze streichelte ihre Haut wie eine körperliche Berührung. „Ich mich auch. Nicht nur das ... *Reden*, sondern auch zu reden. Ernsthaft." Er nahm ihre Hand und verschränkte langsam ihre Finger.

Feuer leckte durch ihr Innerstes.

„Ich habe die Zeit mit dir und den Jungs heute genossen. Es hat mir Spaß gemacht, Colt zu unterrichten. Ich möchte mit dir reden und deine Fragen beantworten." Del holte tief Luft, hob ihre Hand an seinen Mund und küsste sanft ihre Fingerknöchel. „Ich möchte dich auf die weiche gelbe Decke auf deinem Bett legen, dich ausziehen und jeden Zentimeter deines Körpers anbeten."

Nun, das war klar.

„Wenn die Umstände es erlauben, bin ich so ziemlich an Bord. Nur du und ich und jede Menge Anbeten, von vielen Zentimetern ..." Sie grinste. „Habe ich erwähnt, dass ich die ganze Zeit, während du unterrichtet hast, nicht weggeschaut habe? Nicht eine einzige Minute."

Seine Belustigung hatte etwas Hitziges an sich.

Die Gedanken in ihrem Kopf waren sehr schmutzig und sehr perfekt. Aus irgendeinem Grund weckte dieser Mann in ihr ein Verlangen, aber er gab ihr auch das Gefühl, dass sie ihm wichtig war. Sogar, wenn sie unschuldig Händchen haltend auf der Hollywoodschaukel saßen.

Schmutzige Gedanken dachten. Schmutzige Pläne schmiedeten.

Na ja, weitgehend unschuldig?

Eine Sache störte die Perfektion. Stacy zögerte, stürzte sich dann aber hinein. „Ich hasse es, diesen Moment zu unterbrechen, aber ich muss fragen. Als du Colt gesagt hast, er könne mir immer alles erzählen – danke übrigens – was meintest du mit ‚du kannst ihnen vertrauen, bis du es nicht mehr kannst'?"

Delaney seufzte. „Das tut mir leid. Das ist der Nachteil davon, dass ich nicht regelmäßig als Mentor arbeite."

Stacy ignorierte die Entschuldigung. „Du musst nicht perfekt sein, aber ich möchte es wissen." Sie zögerte. „Du hast traurig geklungen, als du es gesagt hast. Und jetzt klingst du wieder traurig. Und wenn man bedenkt, dass wir gerade über eine alles andere als traurige Sache gesprochen haben, muss das eine Große-Wolfs-Regel mit großem G sein."

„Ganz ehrlich, ein Wolf sollte seinen Alphas und dem Rest seines Führungsteams immer vertrauen können." Del schüttelte den Kopf. „Ich habe etwas anderes gelernt."

Angst und Verwirrung machten sich breit. „Jace ist nicht vertrauenswürdig?"

Entsetzen huschte über Dels Gesicht. „O Himmel, nein! Das meine ich überhaupt nicht. Jace ist grundsolide und Cassidy auch. Blue ist der beste magische Omega, den sich ein Rudel nur wünschen kann. Ich rede nicht von ihnen."

Sie wusste nicht genug, aber sie konnte mehr herausfinden, ohne Del damit zu belasten. „Okay. Es klingt kompliziert, aber irgendwann wirst du einen Weg finden, es mir zu erklären."

Dels Schultern entspannten sich, und sie war froh, dass sie das Thema für den Moment fallen gelassen hatte.

Stattdessen legte sie eine Hand an seine Wange. „Also. Gehst du Hüter spielen?"

„Ja."

„Vielleicht sollte ich dich mit einem Kuss verabschieden?"

Seine Augen leuchteten auf. „Ja!"

Dann schob er die Finger in ihr Haar und hob ihren Mund, während er seine Lippen auf ihre presste. Heiß, feucht, fordernd und genau das, was sie brauchte. Ein Feuer innen und außen, mit dem leichten Ziehen seines Griffs in ihrem Haar und der Forderung seiner Zunge an ihrer.

Zitternde Lust in ihrem Inneren, ein pulsierendes Verlangen, das über ihre Haut raste. Ein Kuss –

Eine *Inbesitznahme*. Del nahm und gab, bis Stacy atemlos und benommen war und sich an seinem Revers festklammerte wie an einem Rettungsring.

Als er sich schließlich von ihr löste, waren ihre Lippen von seinem Kuss geschwollen, ihr Kinn von seinem Bart wund und ihre Lungen hungerten nach Luft.

„Bis morgen", versprach er.

Er stand auf, ging von der Terrasse und verschwand dann zwischen den Bäumen.

„Ich hoffe, es gibt einen guten Grund, warum ich Cassidy verlassen habe, wo der Himmel doch wolkenlos ist", knurrte Jace, als sie die Straße hinter der Bowlingbahn hinuntergingen.

„Wir werden es in ein paar Minuten wissen." Del hatte sich geweigert, es zu erklären. Er wollte seine Theorie testen, ohne seinen Alpha vorher zu warnen. „Wenn es dich beruhigt, ich musste Stacy auch verlassen."

„Ich weiß", Jace wackelte mit den Augenbrauen. „Kommst du voran?"

Ein tiefer Seufzer wäre zu dramatisch, obwohl Del versucht war. „Ich bin einfach froh, endlich zu wissen, dass sie die Eine ist."

„Ja, du hast viel Zeit auf dem Holzweg verbracht", neckte Jace.

Belustigung stieg in ihm auf, abrupt und schnell, zusammen mit tiefer Dankbarkeit. „Ich bin froh, dass wir wieder eine Familie sind", gab Del zu.

Jace hielt inne. Blieb genau dort, mitten in der Gasse, stehen und hob eine Augenbraue. „Wollen wir jetzt emotionale Geheimnisse austauschen und Übungen zum Aufbau unserer Bromance machen? Denn ich muss dir sagen, dass ich zwar froh bin, dich nicht ausweiden zu müssen, aber ich stehe nicht auf Kumbaya-Kuschelpartys."

Del schnaubte. „Keine Sorge, ich will nur meine Dankbarkeit dafür ausdrücken, dass die Fehler der Vergangenheit unsere Zukunft nicht für immer verkorkst haben."

Der Gesichtsausdruck seines Cousins wurde ernst. „Ich bin auch froh. Zwischen uns ist jetzt alles im Lot, und Cassidy würde sagen, das ist, was zählt."

Er hob seine Faust, und Del klopfte mit den Fingerknöcheln dagegen. Fest.

Fest genug, dass Jace die Augen verdrehte und seine Finger ausschüttelte. „Arschloch."

„Immer." Del ging voran und schlich lautlos zum hinteren Ende der Bowlingbahn. Er blieb neben dem Müllcontainer stehen, schnupperte und verzog dann das Gesicht. „Vergammelndes Essen ist wohl so gut wie alles andere, um es zu überdecken."

Jace beugte sich vor, schnupperte, blinzelte und wandte sich angewidert ab. „Um was zu überdecken? Denn dieser Gestank ist mehr als widerlich."

Ein schneller Griff in seine Tasche, und Del zog einen Satz Dietriche heraus. „Das werden wir gleich herausfinden."

Sein Cousin beobachtete fasziniert, wie Del sich daran machte, die Hintertür zu öffnen. „Will ich wissen, wo du das gelernt hast? Ich kann mir nicht vorstellen, dass das Teil deines Jurastudiums war."

„Blue hat es mir beigebracht", gab Del schulterzuckend zu und stand auf, als das Schloss mit einem befriedigenden Klicken aufsprang. „Komm mit."

Del hatte sich das letzte Mal, als er hier war, kurz umgesehen, aber er war zu sehr von Stacys Geruch und der Ankunft der Jungs abgelenkt worden. Verdammt, er hätte schwören können, dass er sie immer noch in der Luft schmecken konnte.

„Erinnere mich später daran, dass ich Fragen zu Schicksalsgefährten habe", flüsterte er Jace zu. „Hier entlang."

Wie lautlose Geister schlichen sie hinter den Kulissen der Bowlingbahn entlang. Die mechanischen Arme der Kegelrückstellmaschinen waren reglos, die Schnüre oben, die Kegel unten. Die Kugelrückführung war geschwungen und die Laufbänder mit den tassenartigen Behältern warteten darauf, die Kugeln zu den Auswurfstationen zu transportieren.

Der seltsame Geruch wurde stärker. Del drehte sich nach links und zeigte in Richtung der Quelle. Jace ging weiter, während Del schnell den Kopf um die Ecke streckte und einen Blick in den Bahnenbereich warf. Niemand in Sicht.

Eine kleine Holzkiste stand neben drei Pappkartons. Jace nahm den Deckel ab und holte eine Bowlingkugel heraus. Leuchtend orange, mit schwarzen Flecken, erinnerte sie Del an das Tiger-Eis, das Blaze bestellt hatte.

Jace hob sie an seine Nase und zuckte dann mit den

Schultern. Nur, dass er die Kugel näher betrachtete, bevor er den Kopf drehte, um Del in die Augen zu sehen.

„Was zum …?" Jace formte die Worte lautlos mit dem Mund, während er die Kugel in beide Hände nahm und drehte.

Die beiden Teile sprangen auseinander. Im Inneren der Kugel war eine fast leere Plastiktüte. Eine dünne Restschicht grauen Pulvers klebte an der Innenseite.

Dels Wut kochte hoch. Drogen. Jemand hatte die Bowlingbahn benutzt, um dieselben Drogen zu verkaufen, von denen sein Vater abhängig geworden war. Die, die den Stoffwechsel von Wölfen durcheinanderbrachten und einen Wandler langsam in den Wahnsinn treiben konnten.

Er wollte den Laden auseinandernehmen. Jedes letzte bisschen der Droge mitnehmen, alles zerstören und dann die Bowlingbahn abfackeln.

Er nahm Jace die Kugel ab, setzte sie wieder zusammen und legte sie sorgfältig genau dorthin zurück, wo sie vorher gewesen war. Dann führte er seinen extrem aufgebrachten Alpha aus dem Gebäude, ohne einen der Alarme auszulösen.

Wieder auf der Straße und ein Dutzend Läden weiter, fingen Jace' gemurmelte Flüche an, sich zu wiederholen, aber Del unterbrach ihn nicht. Er rang selbst immer noch darum, seinen Wolf unter Kontrolle zu halten.

Beschützen. Bewachen. Den Feind vernichten. Mich um das kümmern, was mir gehört.

Er war überwältigt von dem Bedürfnis, zur Timberwolf Lodge zurückzueilen, um sich zu versichern, dass es Stacy und den Jungs gut ging. Aber er war der Hüter, was bedeutete, dass er sich um des ganzen Rudels willen um diese Sache kümmern musste.

Er holte tief Luft, trat dann an Jace heran und legte ihm eine Hand auf die Schulter. „*Genug.*"

Mit dem Wort strömte Kraft aus Del heraus. Genug, um Jace' Wut augenblicklich zu beruhigen und seinen Alpha von einer tickenden Bombe in etwas zu verwandeln, das beherrschbarer war. Wie Nitroglycerin.

Immer noch verdammt gefährlich, aber kein Weltuntergang.

Jace hob den Kopf, Schock in seinen Augen.

Trotz der beschissenen Situation konnte Del sich nicht zurückhalten. Er lachte leise und klopfte Jace auf die Schulter. „Willkommen in der wunderbaren Welt der Wölfe, wo ich hier und jetzt mehr Autorität habe als du."

„Gott sei Dank." Jace' Stimme war wie Glassplitter und Schmerz. „Denn ich bin am Ausflippen."

„Das wirst du nicht. Du wirst dich zusammenreißen, damit wir zusammen mit Blue und Cassidy einen Weg finden, den Bastard zu fangen, der diesen Dreck in unser Gebiet gebracht hat. Es ist mir egal, ob es eine einmalige Sache ist. Es wird nicht nochmal passieren. Nicht, solange ich der Hüter dieses Rudels bin."

Jace richtete sich auf und straffte mit großer Anstrengung seine Haltung, bis er aufrecht stand wie der felsenfeste Anführer, der er war. „Das ist der gleiche Mist, an den dein Vater geraten ist, oder?", fragte er leise.

Dels Herz schmerzte, aber er nickte. „Extrem süchtigmachend. Verlockend für jeden, der nach mehr Macht sucht." Er beäugte Jace. „Wie fühlst du dich?"

Sein Alpha überlegte und schüttelte dann den Kopf. „Ich fühle mich nicht davon angezogen."

Jetzt war es Del, der erleichtert seufzte und sagte: „Gott sei Dank."

„Ja, nun, das sagt mehr darüber aus, wie gut du deinen

Job als Hüter ausfüllst, als darüber, dass ich ein großer und allmächtiger Alpha bin", gestand Jace leise. „Mein Wolf sieht dich jetzt als Segen, nicht als Bedrohung. Besonders jetzt, also nochmal danke."

„Gern geschehen, aber wir sind noch nicht aus dem Gröbsten heraus", warnte Del.

Jace nickte zur Baumgrenze hinter der Straße, und sie glitten durch die Schatten in die stille Dunkelheit. Sie rannten in menschlicher Gestalt, immer noch schneller als es einem Menschen möglich sein sollte, bis sie das Timberwolf Lodge-Land erreichten. Del blieb stehen, und er und Jace ließen sich auf Baumstümpfe fallen, um in den Nachthimmel zu starren.

Optionen abzuwägen. Zu planen, wie sie die ganze schmutzige Operation aus der Welt schaffen konnten.

„Drogen. Ich hatte wirklich gehofft, mich nie damit auseinandersetzen zu müssen", gab Jace zu.

„Ich auch." Nach allem schwirrten ihnen im Moment sehr unschöne Erinnerungen durch die Köpfe. „Wir müssen langsam machen. Wir müssen herausfinden, ob das ein Einzelfall war oder ob sich was anbahnt. Wir müssen herausfinden, wer das Sagen hat, und nicht nur die Lieferanten schnappen."

„Einverstanden." Jace schüttelte den Kopf. „Und obwohl das von entscheidender Bedeutung ist, kann nichts anderes davon unterbrochen werden. Nicht die Arbeit an der Timberwolf Lodge. Nicht, dass du Colt trainierst. Niemand sollte in den nächsten Tagen irgendeine Veränderung sehen, wenn er uns ansieht."

Was einiges an schauspielerischem Können erfordern würde ... abgesehen von dem Teil, dass es Dels größte Sehnsucht war, mit Stacy zusammen zu sein. Zeit mit Colt und seinen Brüdern zu verbringen, wurde auch eine immer wichtigere Notwendigkeit.

Del streckte Jace die Hand entgegen. „Ich werde keine Mühen scheuen, um das Rudel zu beschützen."

„*Wir* werden sie beschützen", erklärte Jace. „Niemand wird uns nehmen, was wir haben. Keinen Moment der Freude, keine unserer Verbindungen. Es lebe das Rudel!"

Sie schüttelten einander fest die Hände.

In seinem Innern heulte Dels Wolf. Für sein Rudel, für seine Gefährtin und Familie.

Für die Zukunft, die gerade außer Reichweite war.

So nah ... aber noch nicht da.

10

―――――

Stacy erwachte in einem Wirrwarr verschwitzter Laken und fluchte leise.

Fünf Tage. Fünf verdammte Tage, seit Delaney angefangen hatte, Colt Wolfsunterricht zu geben, und sie war kurz davor, durchzudrehen.

Del hatte köstliche, wie in Stein gemeißelte Bauchmuskeln, Oberschenkel aus Stahl und einen verdammt appetitlichen Adonispo.

Wann immer sie die Augen schloss, strömten Visionen seines makellosen Körpers auf sie ein. Seine nackte Haut war alles, was sie unter ihren Fingern spüren wollte. Nacht für Nacht zog der Mann seine Klamotten aus, und sie saß dort fest, eine willige Voyeurin seiner Großartigkeit.

Beim ersten Mal hatte er es mit Absicht getan. Jetzt grenzte es fast an Provokation. Er wartete sogar einen Moment, bevor er wandelte, und unterrichtete nackt.

„Du musst dich ohne Klamotten wohlfühlen", hatte Del zu Colt gesagt. „Menschen haben Probleme mit Nacktheit. Wölfe nicht."

Nun, *manche* Menschen hatten Probleme, weil *manche*

99

Wölfe in ihrer unbekleideten Perfektion vor ihrer Nase herumtänzelten und manche Menschen verdammt heiß machten.

Zwischen ihren Beinen pulsierte es, und sie ließ ihre Finger über ihren Bauch hinunter und auf ihre Scham gleiten. Zögernd weiterzumachen, weil sie sich so sehr nach Erlösung sehnte, aber wusste, dass es nicht befriedigend sein würde.

Sie hatte die letzten vier Nächte mit Spielzeugen und ihren Fingern experimentiert, und sie sehnte sich immer noch.

Besonders, weil sie noch nicht dazu gekommen waren, diese ... Unterhaltung zu führen, die Del versprochen hatte. Sie versuchte, geduldig zu sein, wirklich. Seine Rolle als Hüter und was auch immer ihn in dieser ersten Nacht zum Gehen gezwungen hatte, war noch nicht erledigt.

Obwohl er keine Entschuldigungen vorbrachte oder ihr erzählte, was los war, wusste sie es. Aus den Ecken der Timberwolf Lodge drang Geflüster, das nach Blue und Del klang. Gespräche zwischen Cassidy und Jace, die abbrachen, wenn Stacy oder Stephanie den Raum betraten.

Es war weniger, dass sie sie ausschlossen, als dass sie sie beschützten, was einen Sinn ergab. Stacy konnte ihrer Freundin oder der Rudelführung nichts vorwerfen.

Aber die anderen Teile, die weitergingen? Oh, dafür konnte sie Del jede Menge Vorwürfe machen. Er unterrichtete Colt, erzählte Anekdoten darüber, wie man ein richtiger Wolf wird, und zog sich dann aus und stellte sich zur Schau, bis sie ihn wie ein Pony reiten wollte.

Der Wecker neben ihrem Bett zeigte zwei Uhr. Stacy seufzte, zog ihre Hand zwischen ihren Beinen weg und versuchte, Schäfchen zu zählen.

Eins, zwei, drei. Flauschig und weich. Ein weißer

Fellball nach dem anderen, ein grauer. Der nächste glatter. Dann keine Wolle mehr, sondern Fell. Die Schafe sprangen über den Zaun und landeten auf allen vier Pfoten.

Schafe, die sich in Wölfe verwandelten? Darüber gab es eine Fabel, nicht wahr? Der Wolf im Schafspelz, der sich durch ihr Zimmer und in ihr Bett schlich. Sollte das nicht eine Warnung vor Täuschung und Tod sein?

Etwas Weiches glitt unter ihre Hände. Stacy rollte ihre Finger und bemerkte, dass sie Watte streichelte, die sich in Fell verwandelte.

Kein Schaf, sondern ein Wolf. Sie hatte recht.

Sie öffnete die Augen und starrte in die Augen eines Wolfes. Tiefblau, kraftvoll und stark. Vertraut, nachdem sie in den letzten Tagen Delaney dabei beobachtet hatte, wie er sich vor ihr hin und her gewandelt und dann geradezu posiert hatte.

„Del?"

Er stupste sie an und drängte sie zurück auf die Matratze. Stacy rollte sich auf die Seite und streichelte ihn von der Nase bis zum Nacken, die weichen Haare seines Fells waren anders als alles, was sie je zuvor gestreichelt hatte.

Glatt, weich. Kitzelten ihre Handfläche.

„Du bist in meinem Bett." Stacy kicherte. „Nun, das ist enttäuschend, wenn ich das so sagen darf."

Der Wolf, der Del war, schien eine Augenbraue hochzuziehen. Egal, in welcher Gestalt er war, er wusste, was sie meinte.

„Du hattest vor, mich überall abzulecken. Das vergiss mal ganz schnell. Nicht in dieser Gestalt. Ich mein' ja nur …"

Er kam näher. Stupste sie auf den Rücken. Ein verschwommenes Bild aus Farbe und Bewegung, und er war über ihr. Delaney, mit all seinen perfekten menschlichen Muskeln und ohne auch nur ein Fitzelchen Kleidung.

„Ihr Menschen habt wirklich Komplexe", neckte er.

„Du bist hier." Stacy strich mit den Händen über seinen nackten Rücken und erschauerte, als die Hitze seiner Haut ihre versengte. „Du bist wirklich hier."

„Ich könnte kaum das lecken, wenn ich es nicht wäre." Del erhob sich ein wenig, sein Blick wanderte ihren Körper hinab. „Pyjamas sind eine grausame Erfindung."

„Stimmt. Lass mich ..." Sie zappelte und wand sich, während sie ihn *versehentlich* streifte. Das bedeutete, dass er, als sie schließlich nackt war, steinhart war, und das wusste sie sehr genau, denn sein Schwanz hatte ihren Bauch und ihren Venushügel ein Dutzend Mal angestoßen.

Sie warf ihren Pyjama weg und schlang sich wieder um ihn. Die Beine um seine Hüften, die Arme um seinen Oberkörper. „Verschwinde bloß nicht."

„Ich verspreche, dass ich nicht im Traum daran denke", sagte er. „Nun, ich hatte noch ein anderes Versprechen zu halten ..."

Sein Mund senkte sich auf ihren, und die Magie kehrte sofort zurück. All die Hitze, die Leidenschaft, die Sehnsucht und das Verlangen. Ihr Innerstes pulsierte, als er an ihrer Unterlippe knabberte. Ein Schauer durchlief sie, als er mit seinem Bart über die weiche Haut auf der Oberseite ihrer Brüste strich.

In dem Moment, als sein Mund ihre Brustwarzen berührte, presste Stacy eine Hand auf ihren Mund und unterdrückte ihr Stöhnen. Er saugte und der Sog ging von ihrer Brust hinunter zu ihrer Klitoris. Sie würde nie wieder an Schafe denken können, ohne erregt zu sein.

Del liebkoste ihre Brüste mit beiden Händen, seine

Hüften schmiegten sich zwischen ihre Schenkel. „So hübsch. Blassrot und zartweiß. Tut mir leid, dass ich dieses perfekte Bild vermasselt habe."

„Was meinst du? Was tust–"

Er saugte wieder, erst an der einen Seite, dann an der anderen. Knabberte an ihren Brüsten, kniff mit einer Hand, während sein Mund die andere mit exquisiter Lust quälte. Sie bog sich ihm entgegen, wollte mehr, wollte …

Minuten später – oder waren es Jahre? – zog sich Del weit genug zurück, um sie sündig anzugrinsen. „Rosa und Rot und ein Hauch von Bartbrand. Und ich fühle mich kein bisschen schuldig."

„Du musst dich nie schuldig fühlen. Gott, mehr?", flehte sie.

„Natürlich mehr. Ich habe gerade erst angefangen", flüsterte er. „Ich muss dich hier schmecken." Er drückte einen Kuss auf die Seite ihrer Rippen. „Und diese Stelle sieht besonders süß aus."

Seine Zunge malte eine lange Linie über ihren Oberkörper, bevor sie über ihren Bauch glitt.

„Del?"

Er leckte mit sanften Bewegungen an ihrem Bauchnabel. „Stace?"

„Hör nicht auf", flüsterte sie. „Bitte, bitte, hör nicht auf. Gib mir mehr, gib mir dich. Gib mir …"

„*Alles*", versprach er. Seine heiße und gierige Zunge öffnete ihre Schamlippen und fand ihre Klitoris. „Oh, sieh an. Da hat sich jemand versteckt. Zum Glück bin ich ein fantastischer Fährtenleser."

Belustigt kicherte sie. „Ich weiß nicht, wie ich den Gedanken an dich als Wolf mit dem, was du jetzt tust, in Einklang bringen soll."

Del küsste ihren Venushügel. Er strich mit seinen

Fingern durch ihre Schamlippen und öffnete sie weiter, seine Schultern an ihren Knien. Er starrte auf ihre Scham, wie ein verhungernder Hund auf einen saftigen Knochen.

Sie musste wirklich an ihren Metaphern arbeiten, denn … noch mehr Hundegedanken?

„Ich bin ich selbst", sagte Del, fing ihren Blick auf und hielt ihn fest. Dann streichelte er ihre Schamlippen und glitt langsam um ihre Klitoris herum. „Egal welche Gestalt, ich bin immer ich. Wir werden nie Dinge tun, mit denen du dich nicht wohlfühlst, aber hör auf, das hier zu definieren. Uns zu definieren. Du und ich, wir passen zusammen."

„Vielleicht passen wir zusammen, wenn du aufhörst zu labern und deine Zunge wieder für andere Dinge verwendest", neckte sie.

„Wie es dir gefällt."

Keine Eile, nur ein langsames Senken seines Mundes über ihre Scham …

Magie strömte herein. Er hatte eine Zunge, die *dies* und *das* und, oh Gott, *jene* Dinge tat. Die Spirale der Lust in ihr zog sich immer fester, bis sie stöhnte. Ihre Finger vergruben sich in seinem kurzen Haar, umklammerten ihn fest und drückten ihn an sich. Ihre Hüften stießen nach oben, der Drang, sich auf ihn zu wälzen und ihn zu besteigen war so groß, dass sie stattdessen ihre Beine hob und seinen Kopf zwischen ihre Schenkel klemmte.

Als er lachte, vibrierte der Klang an ihrer pulsierenden Klitoris. Ein Finger glitt in sie hinein und dann wieder heraus. Noch einmal, diesmal füllte er sie mehr. Zwei Finger? Es war ihr egal, was oder wie, aber –

„Nochmal. Ja, das. So dicht dran, Del. So dicht dran."

„Dann lass los!", befahl er. Er stieß seine Finger in sie hinein und drückte seine Zunge fester auf ihre Klitoris.

Zuerst kräuselte sich die Lust sanft, wie kleine Wellen

am Ufer. Unmittelbar gefolgt von einem Tsunami, der sie überrollte und auf sie einschlug. Ihr Innerstes spannte sich um seine Finger, prickelndes Feuer fegte durch ihren ganzen Körper.

Eine allumfassende glückliche Erlösung, die Stacy mit ihrer ganzen Seele begrüßte. Ihre Beine sanken auf das Bett, ihre Hände streichelten seine Wangen, während er an ihrem Körper emporkroch und dabei Küsse verteilte.

Sie begegnete seinem Blick erneut und lächelte über die Belustigung und Hitze, die sie zurückstrahlte. „Das hat Spaß gemacht."

„Sehr viel Spaß."

Stacy streckte sich. Die Bettlaken bewegten sich unter ihr, kühl und leer. „Oh."

„Was ist los?" Del strich ihr eine Haarsträhne aus dem Gesicht.

„Mir ist gerade bewusst geworden, das ist ein Traum, oder?" Sie sah ihn an und wunderte sich, wie perfekt er schien. Wie real. „Ich wünschte, du wärst wirklich hier."

„Das wünsche ich mir auch. Eines Tages", versprach er. „Eines Tages bald."

Stacy drehte sich um und streckte ihre Hand über die Laken zur anderen Seite des Bettes, wo Del ihrer Vorstellung nach schlafen würde. Sie nahm seine imaginären Finger in ihre und hielt sie fest.

Eines Tages, sehr bald, hoffte sie, als sie wieder einschlief.

～

DEL HATTE NICHT OFT schmutzige Träume. Oder zumindest keine, an die er sich erinnerte.

Letzte Nacht hatte sich das alles geändert. Heilige erotische Spielchen!

Er stolperte um acht Uhr morgens in seine Anwaltskanzlei, aufgedreht und unter Koffeinentzug leidend. Heute Morgen hatte er Stacy auf der Zunge geschmeckt, und er hatte nicht vor, diesen Geschmack zu vernichten, nicht einmal mit seinem Lieblings-Fair-Trade-Kaffee.

Er war also nicht in der besten Verfassung, um sich wie ein Anwalt zu benehmen, aber je schneller er sich um die Angelegenheiten hier kümmerte, desto schneller konnte er zurück zur Lodge, um sie wiederzusehen.

Ähm, zur Lodge gehen, um zu helfen, wichtige Rudelangelegenheiten zu erledigen.

Glücklicherweise zog seine sehr effiziente Büroleiterin/ Rechtsanwaltsassistentin nur eine Augenbraue hoch, als er so tat, als hätte er eine Mission, als er an ihr vorbei stürmte. „Guten Morgen, Boss."

„Morgen, Angie." Del drückte eine Handfläche an die Tür seines Büros.

„Vielleicht solltest du einen Tick langsamer machen", schlug sie süß vor.

Verdammt. Er kannte diesen Ton. Das war ihr „Die Liste der Dinge, die wir zu diskutieren haben, ist so lang, dass wir Pizza bestellen sollten"-Ton.

Del drehte sich langsam um und setzte anstatt seines verlegenen Gesichtsausdrucks einen professionellen auf. „Ja?"

Sie klapperte auf ihren unmöglich hohen Absätzen auf ihn zu. Sie präsentierte immer ein Bild von Perfektion für jeden, der durch die Tür seiner Anwaltskanzlei kam. Elegant gekleidet in einem roten, geraden Rock und einem maßgeschneiderten Blazer über einer frischen weißen

Bluse, war Angie gepflegt und genau das, was jeder Mensch sehen wollen würde.

Mitte vierzig, ein Verstand so scharf wie eine Rasierklinge und eine der mächtigeren Wölfinnen im Rudel. Genau das, was Wölfe brauchten, wenn sie das Büro betraten.

Ihre Macht war auch ein entscheidender Punkt, wenn man die Menge vertraulicher Informationen bedachte, die hier herumschwirrten.

Angie hielt eine Aktenmappe hoch. „Nur zur Erinnerung, ich bin bei dir, seit du Alpha geworden bist. Ich verstehe, dass du deine Aufgaben zwischen deiner Anwaltskarriere und deiner ... anderen Karriere jonglieren musst. Aber du musst mich auf dem Laufenden halten, ja?"

Verdammt. Diesen Schritt hatte er völlig übersprungen. „Du wusstest, dass ich mich erst heute melden würde", begann er.

Sie hob eine Hand, um ihn zu unterbrechen. „Ich bin nicht deine Mutter, die sich deine Ausreden anhören muss. Und ich bin nicht dein Boss, der dir deine Arbeitszeiten diktieren darf." Angie musterte ihn eindringlich. „Aber ich bin deine Freundin. Ich weiß, dass du mir nicht immer alles erzählen kannst, und mein Wolf kann damit leben. Erzähl mir einfach genug, damit ich helfen kann."

Genau wie er Colt gesagt hatte, dass man erkennen kann, ob jemand vertrauenswürdig ist, zog Angie jedes einzelne Ja-Register. „Das weiß ich, und danke. Wie wäre es, wenn du mich auf den neuesten Stand über das bringst, was hier vor sich geht", er wedelte mit der Aktenmappe, „und dann erzähle ich dir, was hier vor sich geht." Er tippte sich an die Schläfe.

„Perfekt. Wir brauchen Kaffee." Sie drehte sich auf

dem Absatz um und holte zwei Tassen, ohne auf seine Zustimmung zu warten.

Koffein würde helfen, entschied er.

Die Liste der To-dos und der Fragen, die Angie hatte, war kurz. Nicht überraschend, da er bis vor Kurzem noch Alpha gewesen war. In den letzten sechs Jahren war es bei seinem Job als Anwalt mehr um den Schein in der Menschenwelt als um einen Vollzeitjob gegangen.

„Ich habe mich um die Anfragen der Einheimischen nach deinen Diensten gekümmert und die wenigen angenommen, die ich allein erledigen kann, und vorgeschlagen, für die, die ich nicht erledigen kann, den anderen Anwalt in der Stadt zu nehmen." Angie nippte an ihrem Kaffee, während er die Akte durchging.

„Und wie viele Menschen hast du traumatisiert?"

Sie blinzelte unschuldig, bevor sie seufzte. „Ich habe einem Mann, der sich von seiner Frau scheiden lassen wollte, um mit seiner Geliebten zusammenzuziehen, gesagt, er sollte seine Lebensentscheidungen nochmal überdenken. Aber er ist weitgehend unbeschadet hier rausgegangen."

Del konnte Angies Vorschlag kaum kritisieren. „Solange er nicht –" Er hielt inne und hob einen der Zettel hoch. „Was ist das?"

Angie beugte sich vor, offensichtlich erleichtert über den Themenwechsel. „Eine E-Mail, die ich wegen des Themas markiert habe."

Er las sie noch einmal und war dankbar für ihre Aufmerksamkeit.

z.H. Delaney Vezina, BA. LL.B
Zustellung: allgemeiner Website-Kontakt
Betreff: Stacy Moraine und/oder Porter Tremblant

Ich versuche, ein Familienmitglied ausfindig zu machen, zu dem ich vor sechs Jahren den Kontakt verloren habe. Vor ein paar Monaten gab es in der Zeitung in Toronto einen Artikel über die Verlosung eines Anwesens in der Gegend von Jasper, das eine Gruppe von Frauen, darunter Stacy Moraine, gewonnen hat. Ich habe herausgefunden, dass Sie der Anwalt sind, auf den in dem Artikel verwiesen wird.

Ich weiß, dass es ein Zufall sein könnte, aber mein Bruder hat eine Stacy Moraine geheiratet.

Ich verstehe, dass Sie mir aus Gründen der Vertraulichkeit niemals einfach ihre Kontaktdaten geben könnten, aber wenn möglich, könnten Sie sie bitte fragen, ob sie einen Mann namens Porter Tremblant kennt. Mein Bruder und ich hatten einen Streit und haben jahrelang nicht miteinander gesprochen, aber jetzt müssen wir uns um eine Erbschaft kümmern. Wenn diese Stacy mit ihm verheiratet ist, haben beide Anspruch auf einen erheblichen finanziellen Gewinn.

Ich freue mich auf Ihre Antwort.
Dwight Tremblant.

Verdammt. „Das ist eine Komplikation."

„Und der älteste Trick der Welt. Nach Informationen über jemanden fischen und andeuten, dass Geld im Spiel ist, um Interesse zu wecken." Angie nickte weise. „Willst du mir den Rest erzählen?"

Das Bauchgefühl meldete sich wieder, und Del erzählte ihr alles. Von der Verlosung, dass er und Stacy Gefährten waren, die möglichen Gefahren und das örtliche Drogenproblem.

Als er fertig war, war Angie wütend genug, um die Bösen mit bloßen Händen auseinanderzunehmen.

Aber sie war klug genug, ihre Wut in Taten zu kanalisieren. „Ich werde bis auf Weiteres alles hier im Büro regeln", informierte sie ihn, während ihre Finger über die Tastatur flogen. „Ich werde Dwight eine allgemeine Antwort schicken, um ihn ein bisschen hinzuhalten."

Del drückte auf seinem eigenen Computer auf Senden. „Ich habe meine Kontakte in Toronto damit beauftragt, ihn aufzuspüren. In der Zwischenzeit muss ich dich in einer weiteren Sache um Hilfe bitten."

Sie sah ihn eindringlich an.

„Stacy muss mehr über Wölfe lernen, und ich bin im Moment viel zu abgelenkt durch ... viele Dinge." Schwach, aber wahr.

Sie verdrehte die Augen. „Dir steht die Frustration des Schicksalsgefährten ins Gesicht geschrieben. Denkst du, ich kann das nicht sehen?"

„Nicht wichtig", beharrte er. „Dass sie lernt, was sie wissen muss, ist jedoch wichtig. Ich werde tun, was ich kann, aber den Rest muss sie von einer Frau hören."

Angie hob ihre Kaffeetasse. „Ich habe kein Problem damit, die Mentorin deiner Lady zu sein. Danke für das Vertrauensvotum." Sie lächelte ihn schief an. „Ich werde versuchen, sie nicht für immer zu verschrecken."

Himmel, was hatte er getan?

11

Stacy verbrachte ihren Morgen in einem glücklichen Rausch. Großartiger Traumsex hatte das bei einem Mädchen zur Folge, entschied sie.

Nachdem sie die Jungs und Dixie bei der Hütte abgesetzt hatten, die Marvin in eine Kindertagesstätte verwandelt hatte, füllten sie und Sophie das Whiteboard in der hinteren Speisekammer mit Menüideen und Rezepten zum Ausprobieren. Es stellte sich heraus, dass Sophie nicht nur eine hervorragende Quelle für Rudelinformationen war, sondern auch eine geborene Organisatorin.

„Du bist hiermit für das Erstellen der Liste zuständig." Stacy reichte ihr fröhlich den Whiteboard-Marker, bevor sie neckte: „*Ich* bin dafür zuständig, das Frühstück zu würzen."

Die junge Frau wurde rot. „Ich werde die Gewürze beschriften. Ich dachte, das Glas wäre Paprika."

„Paprika, Cayenne-Pfeffer. Dieselbe Farbe", schmunzelte Stacy. „Kein Ding. Blue hat alle Rühreier vom Frühstück aufgegessen und immer noch extra Salsa gewollt. War also nicht schlimm."

Gegen zehn Uhr klopfte es an der Tür.

„Ich geh' schon", sagte Sophie fröhlich, ging zur Tür und öffnete sie. „H–, oh hallo."

Stacy drehte sich dort, wo sie ihre Hände im Pizzateig hatte, um, um zu sehen, wer Stacys Stimme zu einem dünnen, besorgten Faden werden ließ. „Wer ist da?"

„Jessica Gottlied, Mrs. Moraine. Pete hat mich geschickt, um Ihnen in der Küche zu helfen." Eine dunkelhaarige junge Frau ging um Sophie herum und ignorierte sie, während sie sich interessiert in der Küche umsah. „Nettes Set-up."

„Ja, nun. Danke." Stacy zögerte, dann begegnete sie Sophies Blick, was nicht leicht war, da sie zu Boden starrte. „Sophie, übernimm doch bitte das Kneten für mich. Mindestens noch fünf Minuten."

„Ja, Ma'am."

Himmel! Stacy hatte in der ganzen letzten Woche noch nie so etwas Unterwürfiges von der anderen Frau gehört. Und die einzige Veränderung im Raum sah sie mit einem sehr selbstgefälligen Gesichtsausdruck an.

„Pete hat Sie geschickt?" Stacy wischte sich den Teig von den Händen und rieb sie über dem Spülbecken.

„Das hat er. Er sagt, sie werden mehr Hilfe brauchen, als Sie schon haben." Jessica schnaubte. „Ich habe eine Red Seal Zertifizierung."

„Gut für Sie." Stacy konnte sich kaum verkneifen, zu verkünden, dass sie einen lila Walsticker am Kühlschrank kleben hatte. Sie hob einen Finger und deutete auf den nächsten Stuhl. „Setzen Sie sich", befahl sie.

Jessica zuckte zusammen, Überraschung im Gesicht. Sie eilte zum Tisch, dann stockte sie. Es war, als bewegte sie sich absichtlich langsamer, bevor sie sich auf den Stuhl fallen ließ.

„Stacy." Leise, so leise. Stacy hörte Sophie kaum sprechen. „Ich meine, Mrs. Moraine?"

Meine Güte. Stacy lehnte sich neben Sophie an die Theke, behielt aber Jessica im Auge und lächelte sie kalt an. „Du nennst mich Stacy. Und wir werden gleich über ein paar wichtige Dinge sprechen, unter anderem, wie wir für uns selbst einstehen. Aber was wolltest du mir sagen?"

„Wir brauchen mehr Hilfe." Sophie ließ die Schultern hängen. „So gern ich auch sagen würde, dass wir allein klarkommen, aber wir schaffen es nicht. Wir können nicht ewig sieben Tage die Woche arbeiten, also brauchen wir mindestens drei Leute, um die Küche zu führen. Mehr, wenn die Gäste kommen."

Stacy klopfte ihr auf die Schulter. „Ja, Liebes. Ich weiß. Ich bin froh, dass du das auch weißt." Sie beugte sich vor und flüsterte der jungen Frau etwas ins Ohr. „Aber die Leute, die hier arbeiten, *gehören* hierher, verstehst du?"

Das Grinsen auf Jessicas Gesicht verschwand. Als hätte sie die geflüsterte Bemerkung gehört.

Eine weitere Frage beantwortet. Wolfsgehör war Supergehör. Später würde sich Stacy Gedanken über all die geflüsterten Gespräche machen, die Colt im Laufe der Jahre vielleicht mitgehört hatte.

Doch jetzt ging sie erst einmal zum Tisch, verschränkte die Arme und starrte Jessica an. Sie sprach nicht, sah sie nur an.

Mit *diesem* Blick. Dem *Mutterblick.*

Jessica schluckte schwer. Sekunden später zappelte sie fast auf ihrem Stuhl hin und her wie Blaze, wenn Stacy ihn genau beobachtete, nachdem sie gefragt hatte, ob er mitten in der Nacht Kekse aus der Keksdose genommen hatte.

Es dauerte ganze 45 Sekunden, bis Jessica

zusammenbrach. „Ich brauche diesen Job", sagte sie leise. „Bitte schicken Sie mich nicht weg."

Stacy seufzte und zog den Stuhl neben ihr unter dem Tisch hervor. „Wenn Sie diesen Job brauchen, warum kommen Sie dann mit einer solchen Attitüde hier rein und sind so unhöflich zu Sophie?"

„Ähm, Stacy?" Sophie knetete weiter, aber sie begegnete Stacys Blick über ihre Schulter hinweg. „Ich bin ein weit weniger dominanter Wolf als Jessica. Sie kann nichts dafür. Ich meine, dass sie unhöflich zu mir ist."

„Bullshit", knurrte Stacy, bevor sie lachte. „Du solltest dein Gesicht sehen."

„Aber es stimmt. Ich bin kein starker Wolf."

Stacy bedeutete Jessica, sitzenzubleiben, und stand dann auf, um direkt mit Sophie zu sprechen. „Hör mir zu."

Die junge Frau erstarrte, die Hände im Teig vergraben.

Verdammt. Diese Wolfssache war kompliziert. „Ich meine nur ... pass auf, denn das ist wichtig." Als Sophie ihr in die Augen sah, nickte Stacy scharf. „Gut. Und jetzt hör zu. *Du* bist ein perfekter Wolf."

„Okaaaay ..."

Sie drehte sich zu Jessica um. „Und *Sie* sind ein perfekter Wolf."

Genau wie Stacy es Colt neulich gesagt hatte. Es schien, als wäre es egal, wie alt die Leute wurden, sie brauchten immer noch eine Erinnerung an grundlegende Wahrheiten.

Jessica nickte. „Ähm ..."

„Aber ihr beide seid auch Menschen. Ihr seid Frauen, und ihr könntet Schwestern oder Mütter oder Freundinnen oder Kolleginnen oder eine Vielzahl anderer Dinge sein. Und all diese Rollen haben Regeln, genau wie das Wolfsein. Ihr würdet doch auch nicht auf der Straße auf die

Großmutter eines anderen zugehen und sie umarmen, oder? Ihr würdet auch keinem Fremden ins Gesicht spucken."

Jessica blinzelte. „Natürlich nicht."

„Dann lernt die Regeln, die hier gelten. Ich bin der Alpha hier, weil ich für das verantwortlich bin, was in der Küche der Timberwolf Lodge passiert. Genau wie Pete Alpha in seiner Küche ist. Glaubt ihr, Jace würde jemals da reinmarschieren und Petes Pfannen anfassen?"

Jessica und Sophie schnappten beide nach Luft.

„Dachte ich mir. Ihr *wisst* also, dass es nicht ausschließlich um Wolfsmacht geht. Also lasst uns das klarstellen. Ich habe das Sagen."

„Ja, Ma'am", sagte Jessica leise.

Stacy wedelte mit dem Finger. „Nein. Ich bin vielleicht der Alpha, aber es ist *unsere* Küche. Wir arbeiten alle hier, und wir alle wollen das Essen, das serviert wird, so gut wie möglich machen. Das heißt, abgesehen davon, dass ich diejenige bin, die sich um Pannen oder Probleme kümmert, arbeiten wir zusammen. Sophie wird in einigen Dingen gut sein, und du – ja, wir duzen uns alle hier – wirst in anderen gut sein, und wir sind alle furchtbar schlecht in irgendwas, und wir werden niemals versuchen, das selbst zu kochen."

Jessica verdrehte nervös ihre Finger. „Dann darf ich hier arbeiten?"

„Wenn du die Regeln befolgen kannst, ja. Und wenn deine Red Seal-Zertifizierung bedeutet, dass du weißt, wie man Makkaroni mit Käse macht, denn das steht auf dem Mittagsmenü, und wir brauchen genug für ..." Sie wandte sich Sophie zu. „Wie viele sind wir zum Mittagessen?"

„Zwölf, Jessica mitgezählt", antwortete Sophie sofort, die Hände bereits wieder im Teig. Sie holte tief Luft und sah Jessica dann in die Augen. „Ich bin gut in Mathe und

Zahlen, also wenn du Hilfe beim Multiplizieren von Rezepten brauchst, sag es mir. Ich weiß, dass du bei Pete manchmal Probleme damit hattest."

„Ähm, okay. Ja." Jessica stand auf und streckte Stacy eine Hand entgegen. „Und ja, ich kann Makkaroni mit Käse machen. Ich nehme an, du willst nicht die mit Trüffelöl?"

„Heute nicht. Das heben wir uns für einen besonderen Anlass auf." Stacy führte sie in die Speisekammer und holte eine Schürze heraus. „Willkommen in der Küche!"

„Danke." Jessica nickte schnell. „Ich ... ich bin froh, hier zu sein."

Das war das Erste, was sie gesagt hatte, das wirklich aufrichtig war.

Es war ein Anfang.

~

DEL WAR RECHTZEITIG ANGEKOMMEN, um den Großteil der Diskussion mitzuhören, und es machte ihn nur noch stolzer, dass dies seine zukünftige Gefährtin war. Sie setzte sich durch ... und wendete diskret das richtige Maß an Druck an, um eine möglicherweise volatile Situation zu steuern.

Wölfe waren nicht immer für ihre Logik bekannt. Nicht, wenn es um die Machthierarchie ging.

Er wartete, bis die beiden jüngeren Frauen mit Aufgaben beschäftigt waren, bevor er Stacys Blick begegnete und sie zu sich winkte.

Sie wurde rot, als sie das Wohnzimmer betrat. „Hey. Ich dachte, du arbeitest heute in deinem Büro."

„Hey. Heute Morgen, ja. Meine Assistentin Angie hat

mich rausgeschmissen, als ich angefangen habe zu jammern, dass ich dich vermisse."

Ja, das war definitiv Röte auf ihren hübschen Wangen. Woran dachte sie? Hoffentlich was Gutes.

Stacy ging zu ihm, stellte sich auf die Zehenspitzen und drückte ihm einen schnellen Kuss auf die Wange. „Ich habe dich auch vermisst", sagte sie leise.

Sie standen da und lächelten einander einen Moment lang an, bevor ihm einfiel, dass er noch einen Punkt auf seiner offiziellen Liste hatte, der erledigt werden musste. „Komm her."

Del führte sie zum Sofa und ließ sich nieder, ihre Finger immer noch in seinen.

Stacy hob ihr Kinn. „Das ist kuschelig, aber du hast etwas auf dem Herzen."

„Das stimmt. Zurück zu unserem Gespräch vor ein paar Tagen, da ist was aufgetaucht, das eine mögliche Frage zu deinem Ex sein könnte." Ihre Wangen verloren jegliche Farbe, und er beeilte sich, sie zu beruhigen. „Es könnte nichts sein, aber ich muss nachhaken. Kennst du jemanden namens Dwight Tremblant? Hat Porter jemals einen entfremdeten Bruder erwähnt?"

„Nie", antwortete sie sofort. „Porter hat gesagt, er sei ein Einzelkind. Tatsächlich", sie hielt inne, eine Falte bildete sich zwischen ihren Augen, während sie sich konzentrierte, „hat er gesagt, dass das einer der Gründe war, warum er und James so schnell eine Beziehung aufgebaut haben. Dass sie beide Einzelkinder waren, die ihre Eltern früh verloren hatten. Dwight ist wahrscheinlich gar nicht mit Porter verwandt."

„Oder er ist jemand, der versucht, jemanden übers Ohr zu hauen. Oder Porter hat gelogen."

Sie schnaubte. „Gut möglich. Ich meine, dass Porter

gelogen haben könnte." Stacy schüttelte den Kopf. „Also, nein. Ich kenne keinen Dwight."

„Das ist alles, was ich im Moment brauche. Mach dir keine Sorgen", sagte Del nochmal. „Ich werde mich darum kümmern."

„Das ist dein Job", sagte sie in einem süßen Ton.

„Und dein Job ist es, der Alpha der Küche der Timberwolf Lodge zu sein." Del wollte sie mit einem Bissen verschlingen. „Du bist übrigens sehr sexy, wenn du so dominant bist."

Diesmal erröteten ihre Wangen noch stärker. „Es ist schwer, sich daran zu gewöhnen, dass Leute im Umkreis von fünf Meilen jedes Wort mithören, das man sagt."

„Ich möchte, dass du versuchst, auch mir gegenüber in deiner Küche den Alpha zu zeigen. Willst du mit mir machen, was du willst? Mir befehlen, dir ein Sandwich zu machen?"

„Ist das ein neuer Euphemismus für *Reden*?" Ihre Augen funkelten. „Nicht, dass wir es in den letzten Tagen geschafft hätten, viel oder überhaupt zu reden."

„Ich weiß. Es tut mir leid."

Sie brachte ihn süß zum Schweigen. „Schon gut. Ich beschwere mich nicht wirklich. Ich verstehe, dass das, was du tust, wichtig ist. Ich muss geduldig sein und warten."

„Beides Dinge, in denen du nicht gut bist?", neckte er sie. Sie lachten, und er fügte hinzu: „Ich auch nicht. Ich will mehr als nur süße Träume von dir haben."

Sie erstarrte. Wurde vollkommen regungslos. „Träume?"

Etwas Wichtiges war gerade passiert. Del machte langsamer und beachtete die Warnung seines Wolfs. „Gibt es etwas, das wir in Bezug auf *Träume* besprechen sollten?"

Sie öffnete und schloss den Mund ein paarmal. „Ähm."

„Hast du in letzter Zeit schlechte Träume? Oder gute?"

Stacy streichelte seine Finger und wich seinem Blick aus. Ihre Wangen glühten rot. „Ist das ein Wolfsding, von dem du mir erzählen musst? Du weißt, dass du in meinen Lektionen sehr weit zurück bist."

„Das bin ich, aber du versuchst, das Thema zu wechseln." Del zog sie auf seinen Schoß und schmiegte seine Nase an ihren Hals. „Träumst du von mir?"

Sie erschauerte und nickte dann.

„Das gefällt mir. Schmutzige Träume?" Ein Traum wie der, den er letzte Nacht gehabt hatte, wäre gut.

„Schmutzig impliziert etwas Schlechtes." Sie hob ihr Kinn und lächelte ihn an. „Dieser war sehr, sehr gut."

Etwas, das er einmal in einer Geschichte gehört hatte, drängte sich in den Vordergrund und verschwand wieder, bevor er es erfassen konnte. Er verfolgte es jetzt langsam, vorsichtig.

War das möglich? „Habe ich dich geküsst?", fragte er.

„Ja." Ein leises Flüstern.

Also tat er es noch einmal. Ein zärtlicher, süßer Kuss, bei dem sein Mund kaum über ihren strich.

Sie lächelte, die Lippen immer noch auf seinen. „Mehr Kuss als das. Fester. Fordernder."

„Fordernd kann ich. Aber habe ich dich berührt? Hier?" Er legte eine Hand auf ihre Brust, die Knospe ihrer Brustwarze zog sich sofort zu einer harten Spitze unter seiner Handfläche zusammen.

Ein leises Stöhnen entfuhr ihr, und ihr Herz schlug schneller. „Mit deinen Händen und deinem Mund ..."

„Das würde ich hier und jetzt tun, aber es könnte ein bisschen riskant sein, wenn man bedenkt, wo wir sitzen", warnte Del und zog widerstrebend seine Hand weg.

Stacy begegnete seinem Blick. „Du hast mich berührt

und geleckt, und ich wollte weitermachen. Du bist nicht zum Zug gekommen."

„Oh, ich habe es auch so sehr genossen." Jetzt bestand kein Zweifel mehr. Sie hatten irgendwie denselben Traum gehabt. „Stace, ich glaube –"

„Hey, das Haus-" Blues fröhlicher Ruf vom Treppenabsatz der Veranda ließ Stacy und Del auseinanderspringen.

Die Haustür flog auf und knallte gegen die Wand dahinter.

„Blue, bitte lerne, deine Kraft zu kontrollieren." Cassidy stapfte die Treppe hinunter und starrte ihn gereizt an. „Diese Tür könnte die Lodge zerstören."

„Tut mir leid, liegt an all den Bohnen, die ich gegessen habe."

Stephanie betrachtete ihn besorgt, als sie sich der Menge anschloss, die sich im Foyer versammelte. „Du hast versprochen, mir heute Nachmittag bei der Arbeit an einem Mosaik im Massageraum zu helfen. Ich bin mir nicht sicher, ob ich das tun will, wenn du heute zum Frühstück Bohnen gegessen hast."

Er winkte ab. „Nicht diese Art von Bohnen."

„Mexikanische Tanzbohnen?", schlug Jace vor.

„Magische Bohnenstangenbohnen?" Stacy war auf die andere Seite des Foyers gegangen, um sich an der Unterhaltung zu beteiligen. Aber so tun, als wären sie und Del nicht vor ein paar Sekunden noch ganz gemütlich zusammengekuschelt gewesen?

Auf gar keinen Fall. Jace und Blue grinsten Del amüsiert an. Sie konnten ihn überall an ihr riechen.

Noch etwas, wovor er sie warnen musste, sofort.

Aber jedes Mal, wenn sie zusammen waren, schien das Zusammensein das Einzige zu sein, woran er denken konnte. Er war ein Hüter, der sich wie ein hormongesteuerter Jugendlicher benahm. Er musste aufhören, körperlich besessen zu sein, zumindest bis die Gefahr vorüber war.

„Morgen fahren wir zu den heißen Quellen", verkündete Jace, als sich die Gruppe, Marvin und seine Schützlinge eingeschlossen, zum Mittagessen versammelte. „Blue hat es vorgeschlagen, und ich finde, es ist eine großartige Idee. Ich habe sie von 13 bis 21 Uhr exklusiv gebucht, also kann das ganze Rudel kommen, wenn es ihnen passt, und ein bisschen Zeit miteinander verbringen."

„Cool." Blue nickte den Jungen zu, die alle so nah wie möglich bei ihm saßen. „Schwimmen in den heißen Quellen ist eine sehr gute Wolfsbeschäftigung", erklärte er ihnen. „Colt kann wie ein Wolf schwimmen, und ihr zwei könnt die besten Kanonenkugeln aller Zeiten machen."

„Gute Idee", stimmte Del zu und zwinkerte Ace und Blaze zu. „Wölfe können keine guten Kanonenkugeln machen."

„Leider nicht", beschwerte sich Sophie, bevor sie nachdachte. „Die meisten Wölfe zumindest."

„Die langen Gliedmaßen und ihr abstehender Schwanz sind schuld", erklärte Marvin den Jungen. „Wölfe sind wie Kanonenkugeln mit fünf Beinen. Überhaupt keine Kugeln."

„Hey, Mr. Blue. Wie nennt man einen Wolf, der in die Waschmaschine fällt?"

„O mein Gott", sagte Blue und presste die Hand auf seine Brust, als ob er sich große Sorgen um den armen Wolf machte. „Wie nennt man ihn?"

Blaze sprang auf und streckte triumphierend eine Hand in die Luft. „Einen waschbaren Wolf."

Das Stöhnen wurde von dem entzückten Stöhnen

angesichts der Makkaroni mit Käse und der großen Gläser mit Eistee erstickt. Del saß da, seine Finger unter dem Tisch mit denen von Stacy verflochten, der kleine Ace auf seiner anderen Seite, und er fragte sich, wie er die Zeit beschleunigen konnte, um dorthin zu gelangen, wo das hier immer real war.

Wo sie wirklich seine war.

12

———

Ein weiterer nächtlicher Ausflug in einen heißen, verschwitzten Traum wäre schön gewesen, aber das Einzige, was Stacy in dieser Nacht sah, waren die Innenseiten ihrer Augenlider. Doch so oder so war tiefer Schlaf vor einem wichtigen Date nicht selbstverständlich.

Ein weiteres Date mit Del ...

Und all ihren Jungs. Wieder einmal überkam sie dieses Gefühl von Glück und Enttäuschung.

Blue hatte sie zu einer Stelle an der Straße gefahren, die zu den heißen Quellen führte, Del zugezwinkert und war dann wieder verschwunden.

Del gab jedem der Jungs und Stacy einen Minirucksack mit ihren eigenen Snacks und Wasserflaschen, bevor er einen viel größeren Rucksack auf seinen Rücken schwang. „Die Wanderung ist lang genug, um Spaß zu machen, aber kurz genug, dass wir alle noch Energie zum Schwimmen haben werden."

„Hört sich gut an." Stacy band Ace' Schnürsenkel zum fünfzehnten Mal neu und verknotete sie doppelt, damit sie

123

nicht verrutschten. „Lauft uns nicht davon, okay? Ihr müsst heute auf Del und mich hören."

„Heute gelten Wanderregeln", stimmte Del zu. Er stellte die Jungen wie kleine Soldaten auf und stand dann breitbeinig mit verschränkten Händen vor ihnen. „Drei Regeln, die uns und den Wanderweg sicher halten. Bereit?"

„Bereit", antworteten sie. Stacys Herz machte einen Sprung, als sie bemerkte, dass alle versuchten, Dels Haltung so gut wie möglich nachzuahmen. Colt war nicht schlecht, aber Blaze hatte seine Brust so weit vorgestreckt, dass er fast umkippte.

„Bleibt auf dem Weg, esst keine Beeren und behaltet eure Snacks für euch. Die sind nichts für Wildtiere." Dels Augen funkelten, als er sie zu einem Platz an der Spitze der Reihe führte und dann auf den deutlich markierten Weg zeigte. „Eure Mutter ist unser Tempomacher. Niemand geht schneller als sie. Haben das alle verstanden?"

„Ich wette, du gehst hinten", sagte Colt. „Zur Sicherheit."

„Richtig." Del zwinkerte. „Ich bin der Lumpensammler, der letzte Wagen im Zug."

„Wir sind ein Zug!", wiederholte Ace aufgeregt. „Choo-choo, Mama."

„Choo-choo", stimmte sie ein und ging den Weg hinauf, Ace' Finger mit ihren verflochten. In diesem Moment stieg Glück in ihr auf. Daran würden sie sich alle noch lange erinnern.

Es gefiel ihr, dass Del nicht von ihr erwartete, ihre Kinder irgendwo abzuladen, als wären sie eine Unannehmlichkeit.

Dass Marvin sich täglich um sie kümmerte, war eine wunderbare Verbesserung gegenüber der Kindertagesstätte, auf die sie sich als alleinerziehende

Mutter hatte verlassen müssen. Ihre Schwester und ihre Freundin konnten nicht immer als Babysitter einspringen. Obwohl sie im Laufe der Jahre mehr als hilfreich gewesen waren.

Nein, es war perfekt und kostbar, aus der Küche zu schleichen und in der Adventure Academy vorbeizuschauen, wie die Jungs ihre Schul-/Kindertagesstättenhütte genannt hatten. Sie hatte angefangen, sie einzeln in die Küche zu holen, um beim Zubereiten des Abendessens zu helfen, nicht so sehr, weil sie ihre Hilfe brauchte, sondern damit sie wirklich dazu beitragen konnten, für ihre Familie zu sorgen. Aktive und hilfsbereite Mitglieder und die schöne Zeit, in der sie sich allein unterhielten, während sie so gut sie konnten Gemüse hackten und schälten.

Zeit mit Del und den Jungs war irgendwie genau das, was sie heute brauchte, dachte sie, als sie den kühlen, schattigen Pfad hinauf wanderte. Aber Zeit allein? Als Erwachsene?

Irgendwann musste sie diese Sache selbst in die Hand nehmen. Oder genauer gesagt, sie würde Del an der Hand nehmen und einen Weg finden, ihn allein irgendwo hinzubringen, wo sie nicht gestört werden konnten.

„Mom. Dieser Wanderweg macht so viel Spaß. Können wir im Bach da oben planschen, wenn wir ihn überqueren? Darf ich diesen Tannenzapfen aufheben?" Blaze' Mund bewegte sich so schnell wie seine Beine.

„Ace, der ist zu groß zum Mitnehmen", warnte Colt seinen kleinen Bruder, der versuchte, einen glänzenden Stein in seine Tasche zu stopfen. „Leg ihn hin, und ich suche dir einen besseren."

„Ohhhh, Mama. Kann ich den nicht behalten?" Ace hüpfte zu ihr, wo sie angeblich das Wandertempo vorgab, aber sie wanderten eher zusammen wie eine zappelnde, atmende Masse aus Gelächter, Fragen und Snacks.

„Wenn er in deine Tasche passt. Wenn nicht, lass ihn, sonst wird der Berg irgendwann immer flacher, und wir haben nichts mehr zum Wandern."

Ace dachte ernsthaft darüber nach, nahm dann ein halbes Dutzend Steine aus seiner Tasche und legte sie vorsichtig an den Rand des Weges. Er tätschelte sie, bevor er sich aufrichtete und Dels Hand ergriff. „Jetzt bleibt der Berg groß und glücklich."

Sie und Del tauschten einen Blick. Freude leuchtete in seinen Augen, als er Ace und Colt anerkennend anlächelte.

Der Knoten in ihrem Bauch war nicht nur in der körperlichen Anziehung begründet, die von diesem Mann ausging. Etwas anderes wuchs dort.

„Gute Arbeit, du hast den Weg gepflegt." Del hob Ace hoch, bevor er in den Bach stolpern konnte, und setzte ihn auf seine Schultern. „Heb dir das Schwimmen für die heißen Quellen auf, okay, Kumpel, okay?"

„Sind wir fast da?", fragte Blaze.

Del zeigte nach vor. „Gleich da hinten. Komm." Er wandte sich Stacy zu. „Ist es okay, wenn ich mit ihnen vorauslaufe und sie fertigmache?"

„Nur zu. Dann schlendere ich einfach in aller Ruhe hoch." Sie konnte schon die Kante des Gebäudes sehen, die grob aus dem Fels gehauenen Außenwände und das grün patinierte Dach waren ein Blickfang.

„Jippieeehhh!" Die drei Jungen und Del johlten, als sie losrannten und den Hügel hinauf verschwanden.

Die Sonne schien auf ihre Schultern, und Stacy blieb stehen, um sich eine Minute lang davon wärmen zu lassen. Auch das war etwas, das sie gebraucht hatte. Ein Ort, der viel mehr im Einklang mit der Natur war. Ein

Ort, an dem es erwünscht war, anzuhalten und tief Luft zu holen.

Sie schwang ihren Rucksack in der Hand und pfiff leise, als sie um die Ecke des Gebäudes bog, weg vom Parkplatz und dem eigentlichen Pool.

Ein junger Mann in zerschlissenen Jeans und einem T-Shirt mit einem fragwürdigen Motiv lehnte an der nächsten Wand. Ein höhnisches Grinsen, das zu seiner eigenwilligen Kleidung passte, entstellte sein Gesicht.

Wäre das eine Straßenecke in Toronto gewesen, hätte Stacy sich umgedreht oder die Straße überquert.

Hier? Er musste ein Wolf sein. Einer aus dem Jasper-Rudel, was bedeutete, dass sie entsprechend reagieren musste.

Sie musterte ihn, hielt aber den Kopf hocherhoben, als sie näherkam. „Sind Sie heute zum Schwimmen hergekommen?", fragte sie höflich.

„Natürlich. Alle Wölfe sind hier. Das heißt, *Sie* sind am falschen Ort", knurrte er.

„Nein, ich wurde eingeladen."

„Vielleicht sollten Sie sich als ausgeladen betrachten. Sie sollten das Wolfsrudel den echten Wölfen überlassen." Wie in einem schlechten Remake von West Side Story stieß sich der Jugendliche von der Wand und schnippte mit der Hand nach unten, als würde er ein Springmesser öffnen.

Seine Finger verwandelten sich in Krallen, und seine Hand und sein Arm bis zum Ellbogen wurden pelzig.

Was war das nur für ein Spiel, dass diese Kids wahllos Körperteile wandelten? Das war ein ziemlich direkter Weg, sich Ärger einzuhandeln oder welchen zu machen. Stacy sah den jungen Mann mit hochgezogener Braue an. „Schluss mit dem kindischen Unsinn. Mit diesem Benehmen hast du es nicht verdient, dass ich dich sieze. Ich schlage vor, du steckst das weg, bevor jemand verletzt wird."

Er grinste, und messerscharfe Schneidezähne spähten zwischen seinen Lippen hervor.

Es war töricht und tollkühn, aber Stacy hatte den Punkt erreicht, an dem sie genug hatte, und seltsamerweise schien er in letzter Zeit immer schneller zu kommen.

Andererseits war sie nie eine dieser Mütter gewesen, die erst bis drei, dann bis vier und dann bis fünf zählten, bevor sie die Regeln durchsetzten.

Mit einer schnellen Bewegung ihres Arms hatte sie das Ohr des Balgs gepackt und es verdreht, während sie ihn vor sich her zwang. Ja, es war körperliche Gewalt gegen das Kind einer anderen Person, aber angesichts der Krallen- und Fangzähne war ihr Schuldgefühl gering.

Trotzdem hielt sie ihn fest im Griff und konzentrierte sich auf die Krallen, die viel zu nah an ihrem verletzlichen menschlichen Körper waren. „Ich verstehe nicht, warum ein junger Wolf wie du auf die Idee kommt, dass dies ein angemessenes Verhalten ist. Hörst du mir zu?"

„Ja, Ma'am", lispelte er mit seinen vorstehenden Fangzähnen.

„Wie heißt du?", wollte sie wissen.

„Toby."

„Würdest du jetzt endlich die Krallen und Zähne einziehen?" Sie drehte sein Ohr ein kleines bisschen mehr.

„Ich versuch's ja! Fällt mir schwer, mich zu konzentrieren ..." Noch ein gelispeltes Wort, diesmal ein Echo der Verlegenheit in seinen Augen.

„Das wird schon. Atme tief durch und halt die Luft an. Das hilft manchmal." Sie lockerte ihren Griff. Der Junge wollte ihr nicht wirklich wehtun; er hatte nur versucht, ihr Angst zu machen. Was immer noch eine dumme Idee war, ein weiteres Beispiel dafür, dass jugendliche Gehirne noch nicht vollständig ausgebildet waren, weder bei Menschen noch bei Wandlern.

Es dauerte eine ganze Minute, bis er sich in ihrem Griff entspannte. „Es tut mir leid. Ich bin jetzt ganz in Menschengestalt."

Sie drehte ihn auf der Stelle um, immer noch nur eine Armeslänge entfernt. Sie musterte ihn eingehend und suchte in seinem Gesicht nach Anzeichen dafür, dass er verärgert war. „Alles in Ordnung?"

Tobys Augen weiteten sich. Dann nickte er schnell und starrte zu Boden. „Es tut mir leid", wiederholte er. „Ich habe ... ein paar Freunde, die mich dazu herausgefordert haben."

„Sie sind aber nicht hier, oder? Vielleicht sind sie doch nicht so gute Freunde, wie du dachtest." Stacy schnaubte. „Ich verzeihe dir, aber versuch das nicht noch einmal, sonst steckst du das nächste Mal in großen Schwierigkeiten."

Er starrte weiter nach unten, als wäre der Boden faszinierend.

Sie war in Fahrt, also konnte sie ihm die Leviten auch genauso gut zu Ende lesen. „Und ich bin ganz für Selbstentfaltung und Redefreiheit, aber dein T-Shirt ist obszön. Es ist nicht angemessen, sowas vor kleinen Kindern zu tragen, also spar es dir für Orte auf, an denen du mit Leuten in deinem Alter oder älter rumhängst."

„Ja, Ma'am", brummte Toby.

Gott, was war das mit diesem Gebrumme? „Sprich lauter, wenn du angesprochen wirst. Und sieh den Leuten in die Augen."

Er hob ruckartig den Kopf. „Ja, Ma'am", sagte er diesmal lauter.

„Besser." Sie tätschelte ihm sanft das Ohr. „Mir tut es

auch leid. Ich hoffe, du verzeihst mir, dass ich dir wehgetan habe."

„Schon okay. Ich hatte es verdient." Er sah aus, als wollte er weinen. „Kann ich ... kann ich Sie umarmen?"

Sie zögerte, denn sie verstand sein Bedürfnis, wollte aber keinen Fehler im Umgang mit einem Wolf machen. „Ich bin mir nicht sicher, ob das eine gute Idee ist. Ich glaube, es wäre nicht gut, wenn Del dich an mir riecht. Nicht wahr?"

Der Junge trat einen Schritt zurück und schluckte schwer. „Oh, richtig. Der Hüter."

Scheiß drauf. Stacy umarmte Toby fest und drückte ihn, als wäre er einer ihrer Jungs. „Du musst dich ein bisschen entspannen. Häng nicht mit Leuten rum, die dich zu Handlungen herausfordern, die dir unangenehm sind, okay? Such dir ein paar gute, solide Wölfe, die bereit sind, zu dir zu halten, selbst wenn du Ärger bekommst. Dann weißt du, dass sie echte Freunde sind."

„Okay."

Sie nickte in Richtung des Gebäudes. Das Lachen und Planschen wurde lauter. „Ich muss meine Kinder finden. Kommst du mit?"

Seine Augen leuchteten vor freudiger Erwartung. „Sicher." Toby hielt inne. „Einen Moment." Er zog sein T-Shirt über den Kopf und zog es dann verkehrt herum wieder an. „Bis ich wandle", erklärte er mit einem verlegenen Lächeln.

Sie klopfte ihm auf den Rücken und schob ihn dann in Richtung Pool. „Das funktioniert. Das funktioniert absolut."

∿

Als Stacy auftauchte, stand Del hüfttief im Wasser und war von kleinen Jungen umringt, während Wölfe aller Größen begeistert vom Sprungbrett sprangen oder die Rutsche hinuntersausten.

Er winkte ihr zu, als sie in einem sonnengelben Tankini-Top, das ihren Bauch bedeckte, auf die Terrasse trat. Brüste wie zwei Sonnen, geschmeidige Beine, die er gern um sich geschlungen spüren würde.

Gott, sie war wunderschön.

Etwas flog von der Terrasse zu seiner Rechten und riss Del zu Boden, während es krakenartige Arme um seinen Kopf schlang. Er kämpfte darum, auf die Beine zu kommen, spritzte und spie Wasser, während er aufstand und nach Luft schnappte.

„Das war großartig!", rief Blaze, offenbar der Oktopus. „Komm, Ace."

Eine Sekunde später wurde Del erneut umgerissen, zweimal von zwei kleinen Jungen. Das würde das Rudel ihm immer wieder unter die Nase reiben.

Und tatsächlich, als er zum zweiten Mal sein Gleichgewicht wiederfand, war Jace da und grinste ihn an. „Ich sehe, wir haben das Kryptonit unseres mächtigen Hüters gefunden."

„Kleine menschliche Projektile?", schlug Blue rechts von Jace vor.

„Winzige Mengen gelben Stoffs." Jace tanzte zurück aus Dels Reichweite. Ace und Blaze paddelten los, begierig darauf, sich Colt mit den anderen Kindern und Wölfen anzuschließen, die im flachen Wasser Fangen spielten.

„Halt deine Augen von dem gelben Stoff und allen ihren Körperteilen fern, die nicht davon bedeckt sind", warnte Del.

„Oh, bitte. Als ob er wirklich hinsieht. Er hat Cassidy,

die ihm die Augäpfel ausreißen würde, wenn er auch nur daran denken würde, eine andere Frau anzustarren, besonders ihre Freundin." Blue verdrehte seine Augen und verzog dann nachdenklich das Gesicht. „Natürlich plant die Gruppe von Singlewölfen da drüben irgendwann einen Massenangriff auf Stacy. Ich warne dich nur, da ich diese Veranstaltung als zweites Date für dich und eine gewisse Lady arrangiert habe – du kannst mir später danken – jemand anderem zu erlauben, sich deine Chance zu erschleichen, besagte Lady zu umwerben, halte ich für dumm."

Del wirbelte zu der Ecke, auf die Blue gezeigt hatte. Dort hatte sich eine Gruppe zwanzig- bis dreißigjähriger Wölfe versammelt, deren Blicke über den Pool schweiften, während sie die Wandlerinnen musterten, die sich auf Sonnenliegen räkelten oder am Rand der Terrasse saßen und selbst nicht ganz so diskret die Blicke schweifen ließen.

Stacy ging zu Cassidy und Steph, die auf der Terrasse auf halber Höhe des Pools lagen. Sie beobachtete ihre Jungs mit einem Auge und behielt den Rest des Pools mit dem anderen im Blick. Dass ihr Blick immer wieder zu Del wanderte, missfiel ihm nicht.

Der Junge, der aus der Ecke kam, schon.

Del drängte sich an Blue und Jace vorbei. „Blue, danke für deine Hilfe. Jace, du bist ein Depp. Entschuldigt mich."

„So höflich", lachte Jace. „Hol sie dir, Tiger."

„Das ist beleidigend, ihn als Katze zu bezeichnen", beschwerte sich Blue, bevor er losprustete. „Oh, ich verstehe. Hey, Del. Hol sie dir, Mr. Meerkatze."

„Was zum ...? Eine Meerkatze ist keine Katze", sagte Jace gedehnt.

„Ist es nicht?"

Das Geplänkel verklang hinter ihm, als Del sich dem

Beckenrand vor den Frauen näherte, im selben Moment, als der andere Mann dort ankam. Die Versuchung, den Kopf dieses Punks unter Wasser zu tauchen, war groß, aber es war nicht die klare Botschaft, die Dels Wolf senden musste.

Und der Wolf hatte im Moment ganz klar das Sagen.

Da war nur eines möglich. Del stemmte sich am Beckenrand hoch und stand auf, Wasser strömte von seinem Körper.

Stacys Augen weiteten sich, als er auf sie zuging. Sie schlug ihrer Schwester eine Hand auf die Augen. „Del? Du hast deine Badehose vergessen."

Oh, richtig. Er war nackt. Egal.

Er machte sich nicht die Mühe, den Jugendlichen, der noch grün hinter den Ohren war, zu warnen. Er wandelte einfach zwischen einem Atemzug und dem nächsten und ging weiter auf seine zukünftige Gefährtin zu. Ein gezielter Sprung, und er war am Ende ihrer Liege.

Er drehte sich im Kreis und ließ sich auf ihren Füßen nieder, während er den jungen Mann anstarrte, der es gewagt hatte, sich seiner Frau zu nähern.

Sebastian hob die Hände. „Okay, okay. Ich wusste das nicht." Er sah Stacy an und dann wieder Del. „Ich gehe da rüber zur Ecke. Weit weg von hier. Genießt euren Tag, Ladys. Tut mir leid, Del. Wir sehen uns später."

„Danke", sagte Stephanie und winkte ab. Sie drehte sich zu Stacy und Cassidy um und sah dann Del an. „Das war süß und komisch. Del, du solltest uns wirklich vorwarnen, bevor du im Adamskostüm herumtanzt. Ich dachte, Stacy könnte ohnmächtig werden."

„Ich habe versucht –" Stacy seufzte schwer und schüttelte den Kopf. „Schon gut." Sie grub ihre Hände in sein Fell. Del leckte ihre Nase. Stacy lachte. „Nochmal, das ist nichts, womit ich mich besonders wohlfühle, ein Wolf, der einen Menschen küsst, was bedeutet, dass ich diesen Moment nicht zu intensiv analysieren werde." Cassidy neben ihnen grinste noch breiter. Sie hatte offensichtlich begriffen, was los war, die Schicksalsgefährten-Sache zwischen Del und Stacy, sei es, weil Cassidy ein Alpha war oder weil sie und Jace darüber gesprochen hatten. Trotzdem mischte sie sich nicht ein. Sie lehnte sich einfach zurück und sah sich um. „Schön, dass so viele gekommen sind."

„Ja, es ist schön, so viele vom Rudel an einem Ort zu sehen." Stephanie schob ihre Sonnenbrille hinunter und blickte über den Rand. „Sind es alle?"

„Nein. Manche kommen später. Manche kommen gar nicht." Cassidy stieß Stacy an und zeigte auf eine Gruppe von Frauen, die sich am anderen Ende des Pools zusammendrängten. „Sind das die von der Wolf Mum Association, die dir Kummer bereitet haben?"

Del hob den Kopf, um sich zu vergewissern, dass sich alle benahmen.

Stacy kraulte ihn besonders intensiv an den Ohren und lachte leise, während sie ihm zuflüsterte: „Hör auf zu knurren. Alles ist gut." Sie hob die Stimme. „Ja, Cass, und nein. Ich erkenne eine von ihnen, aber die anderen sind beim Whirlpool und scheinen sich entschlossen zu haben, nett zu sein. Ich mache mir keine Sorgen. Die Unhöflichen werden auch schon noch zur Vernunft kommen."

„Apropos unhöflich, ich sehe Emma nicht", bemerkte Stephanie. „Sie ist ein Spezialfall", warnte sie ihre Schwester mit einem Nicken. „Blond, war mal mit Jace zusammen. Denkt, sie ist alles und noch ein bisschen mehr, mit einer beschissenen Attitüde."

Stacy zuckte die Achseln. „Sie hat Jace offensichtlich nicht halten können."

„Verdammt richtig", schnaubte Cassidy.

Stacy fuhr mit einem Grinsen fort. „Emma ist nicht hier, amüsiert sich und genießt die Sonne mit ihren Freunden. Allein diese Entscheidung sagt mir, wer schlauer ist."

Stephanie kicherte. „Du hast recht."

Die Unterhaltung drehte sich eine Weile um andere Themen, während Del dasaß und sich von Stacy in aller Öffentlichkeit kuscheln ließ.

Verdammt, es war einfach richtig, dort bei ihren Füßen zu liegen. Blicke auf sich und Stacy zu spüren, manche begeistert, manche neugierig. Das ganze Rudel bestätigte seinen Anspruch, dass da was zwischen ihnen war.

Noch war nichts entschieden, aber es war ein sehr guter Anfang.

13

„Wir hatten schon ewig keinen Mädelsabend mehr." Stephanie hüpfte in Stacys Zimmer und hielt zwei Kleiderbügel mit Tops hoch. „Ich weiß, ich muss mich nicht schick machen, aber ich habe Lust drauf. Was soll ich anziehen?"

Während ihre Jungs glücklich eine Pyjamaparty mit Blue und Jace in Jace' und Cassidys Hütte genossen, erlaubte sich Stacy, einen Mädelsabend zu genießen.

Fünf Tage nach dem Date im Schwimmbad lief alles gut.

In der Küche funktionierte alles reibungslos, bis auf zwei kleinere Unfälle. Einmal, als Jessica Teile eines Rezepts verdreifacht, andere aber nur verdoppelt hatte, und einmal, als Sophie die Backzeit falsch berechnet hatte und die drei sich beeilen mussten, um Omeletts zum Abendessen zu machen. Aber Stacy war stolz auf ihr Team und das, was sie schon erreicht hatten.

Sie hatte in der Stadt noch ein paar weitere Zwischenfälle mit jüngeren Angehörigen des Wolfsrudels erlebt, die versuchten, sie einzuschüchtern, aber sie gewöhnte sich langsam daran. Ein einziger, hochdosierter Mutterblick genügte normalerweise, sie dazu zu bringen, sich zu entschuldigen. Oder um eine Umarmung zu bitten.

Jeden Abend vor dem Schlafengehen erzählte Colt aufgeregt von den fortgeschritteneren Wandel- und Fährtenübungen, die Del ihm weiter weg von der Lodge beigebracht hatte, wo Stacy nicht beteiligt gewesen war. Das bedeutete, dass sie Del weniger nackt sah ...

Schade.

Sie hatte auch immer noch keine Gelegenheit bekommen, mit Del zu *reden*, aber sie hatte ein paar weitere spektakuläre Träume gehabt, die sie über Wasser hielten. Sie machte sich mehr Sorgen darüber, wie müde er von seiner Arbeit als Hüter aussah, die ihn von ihr ferngehalten hatte.

Aber heute Abend ging es nicht um sexuelle Frustration, sondern um schwesterliche Kameradschaft. Nicht nur mit Steph und Cass, sondern auch mit ein paar Frauen aus dem Rudel.

„Ich möchte mich auch schick machen, weil wir zu Angie gehen", sagte Stephanie. „Du wirst sie mögen. Blue hat mich zu ihr gebracht, damit ich sie kennenlerne, und sie ist Dels umwerfende Anwaltsgehilfin oder Rechtsanwältin, die sich nichts gefallen lässt, und sie kleidet sich wie ein Fuchs."

Heute Abend waren sie zum ersten Mal zusammen unterwegs, und Stacy hoffte auf das Beste, besonders, da sie Sophie überzeugt hatte, mitzukommen. Jessica war noch nicht eingeladen worden. Stacy und Sophie waren sich schon sehr nahegekommen, da sie mütterliche Gefühle für sie entwickelt hatte. Jessica war ...

Nun, es gab Potenzial, aber vorerst wollten sie einfach abwarten.

„Daumen drücken, dass es klappt." Stacy hielt inne, um die Auswahl ihrer Schwester genauer zu betrachten. Ein Oberteil war neonfarben, das andere blass pastellfarben. Eines war figurbetont, das andere bestand aus zarten Stoffschichten, die ihre Schwester in eine Fee verwandeln würden. „Sehr unterschiedlich", sagte sie. „Willst du deinen inneren Blue channeln?"

„Was meinst du?" Steph drehte die Oberteile vor ihr um, erst das eine und dann das andere.

„Blue, wie deinen Schatten. Der lebhafte Omega, der dich mit Hundeaugen anhimmelt und wie eine Klette an dir hängt, wenn du mir das Wortspiel verzeihst."

„Nettes Wortspiel, Stace. Ja, Steph. Da ist jede Menge Neon", wiederholte Cassidy, als sie in den Raum marschierte. „Aber es gefällt mir. Du würdest in beiden gut aussehen. Zieh das neonfarbene an."

„Unentschlossenheit war noch nie dein Problem", sagte Stacy lächelnd. Cassidy trug ein schwarzes Tanktop und eine Yogahose, die ihre straffen Muskeln perfekt zur Geltung brachten. „Wow. Du siehst in letzter Zeit wirklich fit aus."

„Das ist der ganze Sex", erklärte Cassidy ohne jede Scham. „Hast du irgendwas, um mein Outfit aufzupeppen, ohne mich in einen Blue-Klon zu verwandeln? Ein Halstuch? Eine Tiara?"

„Ich habe eine Kette, die gut zu deinem Teint passen würde." Stacy öffnete die Schublade ihres Schminktischs und griff nach der Schachtel, in der sie den schönen Schmuck vor ihren Jungs versteckte.

Ein schmales Stück blaues Papier lag obenauf. Sie zog es heraus und faltete es auseinander.

*Vorsicht! Sie sind gefährlich. Du wirst die Nächste
sein, die verletzt wird.*

„Was ist das?" Cassidy stieß sie an und versuchte dann, über ihre Schulter zu lesen. „Stace? Was ist los?"

„Keine Ahnung." Schnell faltete sie das Papier zusammen und steckte es in ihre Tasche, während sie auf ihre Uhr blickte. „Ich werde Del bitten, es sich später anzusehen. Wir müssen jetzt los, wenn wir sie nicht warten lassen wollen."

Cassidy sah sie an, sagte aber nichts weiter. Sie nahm einfach die Halskette, die Stacy ihr reichte, und trieb Steph und Stacy dann in den Minivan, den die Lodge gekauft hatte, um den zu ersetzen, der im Fluss gelandet war.

Sie brausten den Hügel hinauf und in die Stadt und hielten vor einem sehr schönen Stadthaus am Ende der Reihe, nahe dem Waldrand an.

Angie hatte ein Glas Wein in der Hand, als sie die Tür öffnete. „Willkommen, Ladys. Sophie und ich sind schon bei unserer zweiten Flasche. Ihr müsst aufholen."

Sophie winkte von ihrem Platz auf dem Sessel neben den Glastüren zur Terrasse. „Oder auch nicht. Wir haben unseren Wolfsstoffwechsel", sagte sie.

„Und ich habe meinen Stephanie-Stoffwechsel, der ist ungefähr genauso gut." Steph drängte sich durch die Tür und legte ihnen von hinten einen Arm um die Schultern, um sie vorzustellen. „Angie, das sind meine Schwester und meine beste Freundin. Die auch die beste Freundin meiner Schwester ist, also sowas wie eine zweite beste Freundin. Nicht als Zweitbeste, sondern auch eine beste."

„Verstehe. Vielleicht nicht nach mehr Wein, aber kommt rein. Schwestern, beste Freundinnen und was auch immer. Snacks kommen in zehn Minuten auf dem Tisch.

Schuhe aus oder an, eure Entscheidung. Aber wenn ihr sie auszieht, lasst uns zuerst darüber staunen."

„Deal." Cassidy wirbelte auf der Stelle herum. „Bewundert mich, bitte. Overknee-Stiefel sind kein Sommer-Modestatement, das ich zum Trend machen will, aber verdammt, sie sind sexy. Das sagt Jace zumindest."

„Auf sexy Stiefel!" Sophie hob ihr Glas. „Beeil dich und fang an zu trinken. Ich kann nicht allein anstoßen."

Stiefel wurden ausgezogen, Wein eingeschenkt.

Das Wohnzimmer wurde bewundert. Angies Einrichtungsstil war irgendwo zwischen rustikalem Landhausstil und zu vielen Kupferrohren.

„Ich liebe das Bücherregal", sagte Stacy zu ihr, als sie sich mit ihrem vollen Weinglas neben Cassidy auf dem Sofa niederließ.

„Danke. Blue hat es gemacht", erzählte Angie. „Er ist ein talentierter Mann."

„Talentiert und voller Omega-Güte." Sophie verzog das Gesicht und starrte in ihr Glas. „Das ist nicht richtig. Das lässt ihn wie eine Vitaminpille klingen, und er ist viel zu sexy, um eine Pille zu sein."

„Auf Männer, die talentiert mit ihren Händen sind", sagte Angie und hob ihr Glas. „Und das meine ich auf die platonischste Art und Weise, die möglich ist."

„Ich bin sicher, dass viele aus dem Rudel dieses Kriterium erfüllen", bemerkte Stacy. „Nicht, dass ich auf der Suche wäre", fügte sie schnell hinzu.

Angie grinste. „Weil du nicht interessiert bist oder weil du dir bereits dein Ziel ausgesucht hast?"

Die beste Antwort darauf war, sie zu ignorieren, entschied Stacy.

Der Wein floss. Essen wurde serviert. Ein Käsedip und knusprige, salzige Chips. Kleine Fleischbällchen in einer würzigen Barbecuesauce. Angie erklärte ein bisschen mehr darüber, was sie in Delaneys Kanzlei machte (im Grunde alles, einschließlich der Fälschung seiner Unterschrift, wenn nötig), und Sophie erzählte weitere Geschichten über die Eskapaden des Rudels. Cassidy brachte sie alle zum Lachen, als sie nachspielte, wie ihr ehemaliger Boss von einem sehr einflussreichen Politiker dabei erwischt worden war, wie er in eine Suite gespäht hatte, in der besagter Politiker mit jemandem zugange war, der nicht dessen Partnerin war.

Stacy war angenehm entspannt, und als sie an der Reihe war, das Wort zu ergreifen, hatte sie eine Frage im Kopf. „Habe ich einen unsichtbaren Aufkleber auf dem Rücken, auf dem ‚Neuer Mensch in der Stadt‘ steht und der alle dazu bringt, mich herauszufordern? Oder ist das eine Art Einführungsritual? Ich habe ein halbes Dutzend Teenager, vielleicht ein bisschen älter erlebt, die sich teilweise vor mir gewandelt haben. Sie haben alle eine unmögliche Attitüde oder sind unverschämt oder sowas in der Art.“

„Sie spielen Spielchen mit dir“, erklärte Angie mit einem weisen Nicken. „Ich hoffe, es macht dir Spaß, sie in die Schranken zu weisen.“

Sie dachte ernsthaft darüber nach. Viel zu ernst, wenn man die Menge Alkohol in ihrem Körper bedachte.

„Machtspiele? Du meinst austesten, was sie sich erlauben können?“, fragte Cassidy, wütend um Stacys willen.

„Einige. Vielleicht testen sie aus, was sie ihnen *nicht* durchgehen lässt.“ Angie betrachtete Stacy. „Bauchgefühl, mach damit, was du willst, sie sehen Dels Interesse an dir und fragen sich, ob du die andere Hälfte bist.“

Die Frau anzustarren war nicht die richtige Reaktion,

aber Stacys Kinnlade fiel auf den Boden, und sie konnte nichts anderes tun, als nach Luft zu schnappen. „Welche andere Hälfte?"

„Führungsteam. Wie Jace und Cassidy." Angie sah sie direkt an. „Wölfe wollen wissen, wo sie in der Hierarchie stehen. Sie wollen auch wissen, dass sie einen festen Platz haben. Leute, die sie beschützen, Leute, die sich um sie kümmern."

Oh Mann! Auf einmal wurde ihr so viel klar. Die Leute sahen sie und Del schon als Paar? Was ... die verworrenen Gefühle, die sie durchströmten, mussten analysiert und privat unter die Lupe genommen werden.

Also nutzte sie noch einmal ihre preisgekrönten Fähigkeiten, Themen zu wechseln „Danke für den Hinweis. Dieser Hierarchie-Unsinn." Stacy sah Sophie an. „Ihr macht mich verrückt damit. Du bist jetzt so viel besser in der Küche und hier – ich weiß, Angie ist eine starke Wölfin, aber du neckst sie trotzdem. Warum lässt du dich so oft von den anderen Frauen im Rudel runtermachen?"

„Genau. Ich verstehe das auch nicht. Ich nehme an, den Teil mit der Macht verstehe ich, aber sie sind gemein zu dir. Warum lässt du dir das gefallen?", fragte Cassidy Sophie.

Die junge Frau zuckte mit den Schultern. „Ich bin ziemlich unten in der Hackordnung, aber ich glaube auch, dass die gemeinen Mädchen neidisch sind. Ich habe eine wunderschöne kleine Tochter, ich habe gute Freunde, also tun sie mir leid. Außerdem mag meine Wölfin keine Konflikte, daher ist es einfacher, die paar Male, wenn ich mit den gemeinen Mädchen zu tun habe, den Kopf einzuziehen."

„Wo steht Dixie auf der Dominanzskala? Ist es nicht schwieriger für sie, wenn ihre Mama nicht für sich selbst einsteht?"

Angie lächelte. „Das ist ein Teil des Problems. Dixie ist ein kleines Kraftpaket, also macht sich Sophie keine Sorgen um sie, oder, Darling?"

Sophie lächelte. „Mein Baby kann auf sich selbst aufpassen."

So verwirrend. „Ich wünschte wirklich, du würdest auf dich aufpassen", sagte Stacy sanft zu ihr.

„Ich versuche es." Sophie starrte in ihren Wein, bevor sie aufblickte und strahlend lächelte. „Es ist schön, mit dir zu arbeiten. Du machst es einfacher, meine Arbeit zu machen *und* daran zu arbeiten, stark zu sein."

„Im Grunde geht's bei vielen Dingen um Macht." Angie zuckte die Achseln. „Du musst herausfinden, wie du damit umgehen willst, und dann wird der Rest einfacher."

„Die Leute müssen ihre Arbeit machen. Das macht das Leben auch einfacher."

„Apropos Arbeit machen." Cassidy streckte ihre Hand aus. „Gib mir den Zettel, den du gefunden hast."

Stacy reichte ihn ihr ohne nachzudenken. „Warum?"

„Weil ich dein Alpha bin, darum."

Stacy verdrehte die Augen, wie es ihre Jungs getan hätten. „Meine Güte, das ist nervig. Genauso schlimm wie *weil ich deine Mutter bin.*"

„Genau." Cassidy betrachtete die Worte noch einmal, dann faltete sie den Zettel zusammen und reichte ihn Angie. „Nicht lesen. Hast du eine Ahnung, wer das hier außer Stacy und mir angefasst hat?"

Angie zog die Braue hoch. „Du willst, dass ich daran rieche?"

„Ja, aber ich finde trotzdem, dass es unhöflich klingt, das zu verlangen." Cassidy grinste. „Ich werde irgendwann darüber wegkommen."

Angie lachte und hob die Notiz an ihre Nase. Einen

langsamen Atemzug später lächelte sie. „Ein Hauch von Zimt, Schokolade und Himbeeren."

Stephanie kicherte in ihr Weinglas. „Ein sehr gutes Jahr?"

Die ältere Frau zuckte mit den Schultern und gab Cassidy die Nachricht zurück. „Eine sehr gute Köchin. Das riecht sowohl nach Sophie als auch nach Stacy. Was gab es heute Abend zum Nachtisch in der Lodge?"

Mist. „Himbeertorte. Du riechst nur mich." Das bedeutete, dass Stacy Del die Nachricht wie geplant geben und ihn sich damit befassen lassen würde. „Apropos Nachtisch, ich habe was davon mitgebracht. Will jemand was?"

Ein Chor von Jubelrufen folgte, und mysteriöse Nachrichten und Machtlektionen waren vergessen, als der Zucker so frei floss wie der Wein.

Nur Stacy hatte viel zu bedenken und Del viel zu fragen ... sehr bald.

Eine Sackgasse nach der anderen. Das war alles, was Del gefunden hatte, nachdem er jeder Spur gefolgt war, die er mit der Entdeckung in der Bowlingbahn in Verbindung gebracht hatte.

Er winkte der Familie, die er besucht hatte, zum Abschied, ignorierte den direkten Weg zu seinem Haus in der Stadt und ging zu Fuß zurück zur Timberwolf Lodge.

Das süße Abenteuer mit Stacy und ihren Jungs ein paar Tage zuvor war zu einer Erinnerung verblasst, und er sehnte sich nach mehr Zeit mit ihnen.

Egal, was passierte, er hatte dafür gesorgt, dass er bei Colts täglichen Lektionen dabei war. Der Junge war unglaublich und wissbegierig, und Del genoss die Zeit mit ihm ungemein. Die flüchtigen Blicke, die Del auf Stacy erhaschte, waren verlockend, und er stahl sie, weil es seinen Wolf juckte, sie nicht zu sehen. Aber die Zeit mit Colt war eine Belohnung.

Er vermisste Ace und Blaze allerdings, was ihm auch eine Menge darüber verriet, was mit seinem Wolf los war und dass seine Pläne beschleunigt werden mussten.

Das Gute war, dass er sich rechtzeitig um ein gefährliches Problem kümmern konnte. Der Junge aus der Bowlingbahn, der an dem Tag gearbeitet hatte, als sie dort gewesen waren, Carter Simmons, war ein paar Tage später zu Del gekommen und hatte um Hilfe gebeten.

„Ich fühle mich nicht gut", gab Carter zu. „Ich ... suche dauernd Streit. Und nicht nur mit meinen Brüdern, was noch einen Sinn ergeben würde, weil sie zur Familie gehören und das unter Brüdern normal ist, sondern mit Erwachsenen und Wölfen, von denen ich weiß, dass ich sie nicht provozieren sollte." Er hob schnell den Blick und senkte ihn dann wieder. „Ich war unhöflich zu Stacy und ihren Jungs, als sie in die Bowlingbahn gekommen sind. Das war nicht meine Absicht, es ist einfach so aus mir rausgeplatzt, als ob jemand anderes für mich gesprochen hätte."

Die Drogen, wurde Del klar. „Du hast vielleicht was abbekommen, das deine Chemie durcheinanderbringt, ein Unfall, nehme ich an, keine Absicht", versicherte er dem Jungen. „Ich rufe Blue an, und wir werden dir helfen."

Hilfe, die hauptsächlich darin bestand, dass er und Blue Zeit mit Carter verbrachten und seinem Wolf klarmachten, dass er einen festen Platz im Rudel hatte und nicht kämpfen musste, um in der Hierarchie aufzusteigen. Blue könnte vielleicht etwas anderes, Magischeres tun, aber für

Del bestand die Aufgabe hauptsächlich darin, ein paar lange Läufe mit Carter als Wölfe zu machen und dann eine ganze Reihe wilder und ausgelassener Brettspiele mit allen Simmons-Jungs zu spielen.

Die Zeit damit zu verbringen, die Familienbande zu genießen, die eindeutig zwischen den jungen Männern bestanden, verstärkte nur den Drang, bei Stacy und ihren Jungs zu sein.

Del joggte etwas schneller, das Bedürfnis, in ihrer Nähe zu sein, wurde immer stärker, bis es ein pochender Schmerz in ihm war. Er wartete immer noch auf Informationen aus Toronto bezüglich Dwight, und er hatte eine Anfrage gestellt, um so viele Informationen wie möglich über James zu erhalten, von Leuten aus Stacys Vergangenheit, die ihm möglicherweise Informationen geben könnten, um ihre Zukunft sicherer zu machen.

Aber jetzt war es Zeit, sich ausreichend auszuruhen, damit er am nächsten Tag von vorn beginnen konnte. Er blieb am Rand der Wiese stehen, die den Timberwolf Lake umgab. Er zog seine Kleider aus und verstaute sie in einem der getarnten Regale, die sie zu diesem Zweck gebaut hatten.

Dann wandelte er und rannte los.

An manchen Abenden, wenn er das Gelände patrouillierte, gesellten sich Jace oder Blue zu ihm. Oder beide. Die drei waren ein Team auf eine Art und Weise, die allen Wölfen instinktiv innewohnte. Sie rannten um Bäume herum, sprangen Felswände hoch. Gelegentlich stießen sie sich gegenseitig in Rosenbüsche –

In mancher Hinsicht waren sie genauso wie Carter und seine Brüder.

Was bedeutete, dass sie zueinander standen wie Brüder. Ihre Verbindung beruhte auf ihrer Wahl, nicht auf

Blutsverwandtschaft. Der Zusammenhalt mächtiger Männer, um das Rudel für die vielen unter ihnen zu verbessern. Eine Verantwortung, die Del als Alpha ernst genommen hatte. Eine Verantwortung, die er jetzt als Hüter genauso ernst nahm.

Aber Blue und Jace machten es zu mehr als zuvor. Es war immer noch eine gewaltige Aufgabe, aber jetzt waren Lachen und Spiel und Herz und Hoffnung mit der Rolle als Anführer verbunden.

Ein Teil davon war Cassidy, das wusste Del. Sie hatte Jace gestärkt und damit auch das Rudel. Stacy baute schon Bindungen zum Rudel auf ...

Selbst unbewusst, was sie in seinen Augen nur noch erstaunlicher machte.

Noch war nichts sicher, aber er wollte sie so sehr, dass er sich eine Zukunft ohne sie und die Jungs nicht vorstellen konnte.

Er war lange genug gelaufen, dass zwischenzeitlich die Nacht hereingebrochen war. Sie würde von ihrer Nacht mit Angie und ihren Mädchen nach Hause kommen und hoffentlich schlafen. Die Lodge würde friedlich und still sein, und niemand würde bemerken, dass er da war.

Del sprintete das letzte Stück zur Lodge und wandelte dann, während er das Gebäude betrachtete und überlegte, wo er die Nacht verbringen sollte. Eine der leeren Hütten war die logischste Wahl.

Will keine Logik. Will bei Stacy sein, informierte ihn sein Wolf entschlossen.

So sei es. Ein wenig Manövrieren und der Einsatz seiner Krallen waren nötig, aber er kletterte die Seite des Hauses hinauf und schaffte es, ohne ins Schwitzen zu kommen, auf den Balkon vor Stacys Suite im ersten Stock. Die Tatsache, dass er es so leicht geschafft hatte, fügte seiner To-do-Liste für Sicherheitsverbesserungen einen weiteren Punkt hinzu.

Das Fenster war offen, und ihr Duft drang zu ihm heraus. Der schwächere Duft der Jungen passte perfekt zu ihrem, so eindeutig eine Familie, dass er lächelte.

Und alle gehören mir.

Noch nicht, warnte er seinen Wolf, *aber bald.*

Die Vorhänge wehten im Wind, das blasse Mondlicht von oben schien hinein und landete auf ihrer schlafenden Gestalt. Auf der Seite zusammengerollt, ihr Gesicht von silbernem Licht gestreichelt, war sie Göttin und Madonna zugleich.

Zufrieden, dass sie alle dort waren, wo sie sein sollten, wandelte Del. Er rollte sich auf der Terrasse zusammen und schloss die Augen, während die leisen Geräusche des nächtlichen Waldes über ihn hinwegfluteten. Seine Schnauze ruhte auf seinen Pfoten, die Holzdielen unter seinem Bauch waren noch warm von der Sommersonne.

Augenblicke – Stunden? – später träumte er, dass er als Mensch im schwindenden Abendlicht Hand in Hand mit Stacy am See entlangging.

Sie strich sich das Haar hinters Ohr und lächelte ihn an. „Heutzutage ist es schwer, dich aufzuspüren."

„Du solltest Colt um Hilfe bitten. Er hat einen ausgezeichneten sechsten Sinn, wenn es darum geht, herauszufinden, wann ich ihn überliste und auf die Spur zurückkehre."

„Er ist so aufgeregt wegen all der Dinge, die du ihm beibringst." Sie drückte seine Finger. „Blaze und Ace wollen wissen, wann sie Wolfsunterricht bei dir haben können. Aber keine Sorge, sie wissen, dass sie nicht wandeln können. Sie wollen einfach nur Zeit mit dir verbringen."

„Sie sind tolle Kinder." Er blieb neben der rustikalen Holzbank stehen, die Blue aufgestellt hatte, mit Blick auf den See und den Sonnenuntergang. „Sie haben eine tolle Mama."

„Oh, herzlichen Dank, Sir. Wollen Sie mich umgarnen?" Sie klimperte mit den Wimpern. „Das hoffe ich doch."

„Ich hatte gehofft, dass wir reden und ein bisschen *reden* könnten", gab er zu, setzte sich und zog sie zwischen seine Beine. Sie stand mit dem Rücken zum See, die hellen Farben des Sonnenuntergangs leuchteten wie ein Heiligenschein um ihren Kopf.

Strahlend, aber stahlhart. Sie musterte ihn eingehend. Eine Hand berührte seine Stirn und strich mit den Fingern darüber.

Eine Sekunde später saß sie rittlings auf seinen Oberschenkeln, ihre Beine über seinen gespreizt. Ihre Hände wanderten seine Brust hinab, tiefer, tiefer ...

Ihre Augen immer noch in direktem Kontakt mit seinen, öffnete sie den Knopf seiner Hose und zog den Reißverschluss herunter.

„Stace", flüsterte er. War es ein Protest oder eine Aufforderung, dass sie unbedingt weitermachen sollte?

Sie zog eine Augenbraue hoch. „Als wir das letzte Mal *geredet* haben, was ich jetzt aus einem Grund, den ich später nennen werde, als rummachen bezeichnen werde, erinnere ich mich, dass ich dich angefleht habe, mit dem Necken aufzuhören. Jetzt bin ich dran."

„Ich habe ein Monster geschaffen", sagte Del, bevor sie ihm die Fähigkeit zu sprechen raubte, zusammen mit dem letzten Tropfen Blut aus seinem Gehirn.

Ihre Hand um seinen Schwanz, kühl und glatt, war vollkommene Perfektion.

Nein, warte. Ihre streichelnde Hand um seinen Schwanz war Perfektion.

Sie drückte sich auf ihren Knien weit genug nach oben, um ihre Lippen an seinen Hals zu drücken, knabberte und küsste und saugte dort. Die ganze Zeit über machte ihn ihre Hand wild. Er schloss die Augen und ließ sich von Lust überfluten, die Vorfreude wuchs. Das Kribbeln in seinen Hoden und seiner Wirbelsäule tanzte wie kleine elektrische Volt extra aufgeladener Verführung.

Er wollte das. Wollte sie.

Sie lehnte sich zurück, hielt inne und entlockte ihm ein Stöhnen, als er sich auf die Lippe biss, um nicht zu verlangen, dass sie weitermachte.

Ihre Augen waren hell und konzentriert. „Del?"

„Stace?"

„Del." Jetzt fester, ein Stirnrunzeln anstatt Lust auf ihrem Gesicht. „Wach auf!"

14

———

So viel zu empfinden war gefährlich, entschied Stacy. Es konnte nicht gesund sein, dass ihr Herz so raste, ihr Körper sich so sehr nach ihm sehnte, oder jedes ihrer Nervenenden bis zum Explodieren sensibilisiert war.

Sie war mit Del unter dem sonnigen Himmel spazieren gegangen und hatte geflirtet. Dann hatte sie den Stier sozusagen bei den Hörnern gepackt, *hust, hust*, und war ihm auf den Schoß geklettert.

Del Lust zu bereiten war unbeschreiblich. Auf der Ebene eines Orgasmus anzufangen und dann darüber hinauszugehen, sich körperlich zu verbinden und zu sehen, wie sehr er sie wollte, ihre Berührung wollte, war –

Unglaublich.

Bis ...

Etwas Klick machte. *Verschwommen.*

Er war immer noch da, unter ihren Händen, ihre Lippen auf seinem Körper, aber es war nicht *wahr*.

Es ist ein Traum.

Die Stimme in ihrem Kopf reichte aus, um sie dazu zu bringen, sich aufrecht in ihrem Bett aufzusetzen. Die

Augen offen, die Vorhänge im Wind flatternd, die Matratze unter ihren Hüften und Händen.

Ein Traum?

Ja, wieder nur ein Traum, aber so real und intensiv und immer noch am Rand ihres Bewusstseins. Als hätte sie einen Kanal in ihrem Kopf, den sie, wenn sie wollte, etwas schärfer stellen und neu fokussieren könnte. Um gleich wieder bei Del zu sein.

Oder ich könnte wach bleiben und mir den lebenden, atmenden Mann schnappen.

Stacy schlug die Decke zurück und ging instinktiv durch das Zimmer zu den Glastüren. Sie zog die rechte auf und fand Del in seiner Wolfsgestalt, zusammengerollt auf der weichen Decke, die von der Liege gerutscht war.

„Del?"

„Stace?"

Sie keuchte erschrocken. Das war Dels Stimme in ihrem Kopf. Alles war jetzt offiziell mehr als unglaublich und grenzte geradezu an ein Wunder.

„Del." Wie um alles in der Welt sollte sie mit ihm in Wolfsgestalt umgehen? „Wach auf!", sagte sie scharf.

Er regte sich kurz, seufzte dann und schien wieder einzuschlafen.

Frustriert stupste sie ihn mit ihren Zehen an.

Und bekam eine sofortige Reaktion. Der Wolf richtete sich ruckartig auf, hellwach und starrte sie an.

„Komm rein!", befahl sie.

Del ging hinein und wartete, bis sie die Tür geschlossen hatte. Er starrte sie an, und sie hätte schwören können, dass er so angestrengt nachdachte, dass sie es hören konnte.

„Also gut." Sie verriegelte die Tür.

Er drehte sich um, sprang auf ihr Bett und legte sich auf

den Bauch. Sein intensiver Blick besitzergreifend und besorgt zugleich.

„Mir macht das nichts aus, aber wenn ich ehrlich bin, sosehr ich deinen Wolf auch mag, hätte ich lieber den menschlichen Del in meinem Bett."

Zwischen einem Atemzug und dem nächsten wandelte er. Ausgestreckt, ein Knie angewinkelt, auf der Seite liegend wie ein Model. „Besser?"

„Viel besser." Sie fächelte sich Luft zu und weigerte sich, den Blick abzuwenden. Tatsächlich wollte sie sich sattsehen. „Meine Güte, Del. Du machst es einem schwer, sich auf die wichtigen Fragen zu konzentrieren. Zum Beispiel, was um Himmels willen geht hier vor sich?"

„Hattest du wieder einen sehr, sehr schönen Traum?", fragte Del.

„Ich hatte einen, und ich glaube, du hattest ihn auch."

„Es war nicht schlecht", stimmte er zu. „Aufzuwachen? Nicht so mein Ding im Moment. Ich habe es eine Weile gehasst, aber es besteht die Möglichkeit, dass mir wirklich gefällt, wohin das führt."

Ihr wurde heiß. Nicht vor Verlegenheit, sondern ein sehnsüchtiges Verlangen. Trotzdem hielt Stacy inne und dachte an alles zurück, was sie seit ihrer Ankunft in Jasper gelernt hatte.

Ihre Freundin Cassidy hatte jetzt einen Wolfswandler als Partner. Schicksalsgefährten hatte sie es genannt. Als ob sie zusammengehörten und schon immer zusammen sein sollten. Aber Cassidy hatte sich auch voll und ganz dafür entschieden.

Del war von dem Moment an, als sie sich kennengelernt hatten, an Stacys Seite geblieben und hatte sich bemüht, für sie und die Jungs da zu sein. Er hatte gesagt ...

Es fiel ihr schwer, sich an seine genauen Worte zu

erinnern, aber sie erinnerte sich hauptsächlich an den Teil, in dem es darum ging, einen Weg zu finden, mit ihr auszugehen, ohne dabei wie ein unheimlicher Stalker rüberzukommen.

Angie hatte gesagt, das Rudel hielte sie für einen Teil des Führungsteams. Nicht nur Del, sondern Del *und* Stacy.

Sosehr sie auch dort weitermachen wollte, wo der Traum aufgehört hatte, sie wollte das hier mehr. Sie wollte alles wissen. Verstehen.

Wie Cassidy ihre eigene Zukunft wählen können.

„Ich muss dich drei Dinge fragen", platzte Stacy heraus.

Seine Lippen verzogen sich zu einem Lächeln, als er sie neckte: „Wie enttäuschend. Ich dachte, wir hätten geklärt, dass unsere Art des Sprechens eher eine taktile Angelegenheit ist. Trotzdem, schieß los." Del richtete sich auf der Matratze auf und setzte sich im Schneidersitz hin.

Stacy starrte einen Moment lang an die Decke, während sie versuchte, ihren Blutdruck zu normalisieren. Sie nahm ihr Kissen und warf es ihm in den Schoß.

Er grinste.

„Sei nachsichtig mit der Menschenfrau", sagte sie trocken.

Er sah neugieriger aus. „Wir hatten schonmal ein dreiteiliges Gespräch."

„Ich weiß. Ich mag Traditionen." Aber wo sollte sie anfangen? Die Erinnerung an die erste Unterhaltung war die Antwort. „Als wir angefangen haben, als wir tatsächlich ein gutes langes Gespräch mit Worten hatten, hast du gesagt, du würdest mich nicht mit allem auf einmal überwältigen. Das Wolfszeug, meine ich."

„Ist das eine Frage?"

„Nein, die kommt jetzt. Du und ich, wir gehen

miteinander aus. Wir sind zusammen. Wir sind nicht nur ein Zwischenspiel, oder?"

~

„Nein, wir sind kein Zwischenspiel. Nicht für mich." Die Erleichterung, die Worte auszusprechen, war so groß, dass Del wie eine Pfütze Wolfspudding auf die Matratze hätte fließen können. Aber er musste alles sagen. „Du hast dich aber noch nicht wirklich entschieden, mit mir zusammen zu sein. Und bis du das tust, ist nichts in Stein gemeißelt."

Sie hob ihre Hand und einen zweiten Finger. „Soll ich Teil des Führungsteams des Jasper-Rudels sein?"

„Ja." Er sagte es sofort, ohne zu zögern. „Alles an dir und wie das Rudel auf dich reagiert, macht das glasklar. Die Dinge, die sie dir erzählen, die Klugscheißer, die sich danebenbenehmen, alles deutliche Zeichen dafür, dass sie versuchen herauszufinden, wie viel du dir gefallen lässt, selbst wenn sie hoffen, dass die Antwort *nicht viel* ist."

Stacy runzelte die Stirn. „Wirklich?"

„Wirklich." Er hob die Hände. „Denk an deine Jungs. Wären sie wirklich glücklich, wenn du sie jede Nacht lange aufbleiben, ungesunden Mist essen und sich nie die Zähne putzen lassen würdest? Oder lieben sie dich nicht insgeheim so sehr, dass du instinktiv spürst, wenn sie ihre Zahnbürste einfach unter Wasser halten und sie dann wieder in den Halter stecken, ohne sie zu benutzen."

Sie schnaubte. „Blaze hat das drei Tage hintereinander mit immer intensiverem Pseudo-Zähneputzen versucht. Als Colt ihn aufgezogen hat, weil Blaze länger brauchte, so zu tun, als würde er sich die Zähne putzen, als sie tatsächlich zu putzen, hat sich die Sache geklärt."

„Und das ist einer der Gründe, warum sie dich so

lieben. Du weißt, was sie im Schilde führen. Manchmal bestimmst du das Gesetz, und manchmal lässt du jemanden, der dir lieb und teuer ist, den Hammer spielen." Del nahm ihre Finger in seine. „Das Jasper-Rudel braucht unterschiedliche Leute, die unterschiedliche Dinge sind, um als geschlossene Einheit zu funktionieren. Jace und Cassidy sind jetzt Alphas. Sie sind die solide Basis, auf der der Rest stehen kann. Die Stärke und die Macht, das zu tun, was getan werden muss."

„Aber du bist der Hüter. Bedeutet das nicht, dass es bei deinem Job auch um Macht geht?"

„Ja, aber eine andere Art. Denk weniger im Sinne eines Kriegers und mehr als Friedensstifter. Die Regeln so gut wie möglich durchsetzen."

Ihr Mund stand offen. „Ich hatte das alles falsch verstanden. Ich hatte angenommen, deine Aufgabe wäre es, die Muskeln spielen zu lassen."

Er zuckte die Achseln. „Das kann ich, wenn es sein muss." Del lächelte. „Genau wie du. Du bist kein Schwächling, wenn du Mama Bär bist, oder?"

Sie schüttelte ungläubig den Kopf. „Nein. Aber dir ist schon klar, dass das bedeutet, dass du auch eine Mama Bär bist. Du gehst so gut mit den Jungs und den anderen Rudelmitgliedern um, mit denen ich dich gesehen habe. Sie sehen zu dir auf und wollen dir gefallen. Du ermutigst sie, besser zu sein, indem du sie ihr Bestes geben lässt."

„Das hoffe ich. Aber lass uns den Ausdruck Mama Bär nicht dort verwenden, wo Blue ihn hören kann, okay? Ich will nicht von jetzt an bis in alle Ewigkeit gefragt werden, ob mein Haferbrei zu heiß oder zu kalt ist."

Stacy presste eine Hand auf ihre Brust. „Das ergibt jetzt viel mehr Sinn. Auch wenn die Unterhaltung in eine andere Richtung ging als unsere Träume."

Del wollte nicht zu sehr drängen. „Ich bin immer noch hier, und die Nacht ist noch nicht vorbei."

„Nein, ist sie nicht." Ihr Gesichtsausdruck war noch zu nachdenklich, um das „Bitte nimm mich jetzt" zu sein, das er sich erhofft hatte. „Bereit für meine letzte Frage?"

„Vielleicht."

Sie tätschelte sein Knie. „Mach dir keine Sorgen. Zumindest nicht zu viel."

Er schnaubte.

Stacy hob erneut ihre Hand und zeigte drei Finger. „Wenn wir Schicksalsgefährten sind und ich schon Teil der Rudelführung bin, werde ich intensiv darüber nachdenken, aber ich brauche mehr Zeit."

„Das war nicht wirklich eine Frage", stellte er fest, und Belustigung rang mit Enttäuschung. „Ich meine, grammatikalisch gesehen hast du das Wort ‚wenn' ein paarmal verwendet; hättest Du Deinen Satz mit ‚ob' begonnen, wäre es grammatikalisch gesehen immerhin eine indirekte Frage gewesen."

„Wow, ein aktives Mitglied der Grammatikpolizei. Jetzt weiß ich, dass es eine weitere Aufgabe auf deiner Hüter-Jobliste gibt", neckte sie ihn, bevor sie traurig lächelte. „Und du hast recht. Ich habe eine Aussage gemacht – ich brauche mehr Zeit. Es sind weniger als zwei Wochen vergangen, seit ich in Jasper angekommen bin. Meine Frage ist also, kannst du mir verzeihen, dass ich mir sicher sein muss?"

O Gott. „*Stace*. Da gibt es nichts zu verzeihen."

Del war am Ende seiner Kräfte, er konnte nicht neben ihr bleiben und sie nicht berühren. Er musste ihr versichern, dass ihm alles, was sie brauchte, wichtig war. Er würde in den Krieg ziehen, um jede Sorge oder Traurigkeit zu lindern.

Er zog sie auf seinen Schoß und drückte sie an sich.

„Ich will dich. Das ist die Wahrheit und wird sich nicht ändern. Aber ich will dich, dich ganz und gar, bereit und offen und mit der Entscheidung, für den Rest unseres Lebens an meiner Seite sein zu wollen. Das ist mir wichtiger, als du dir vorstellen kannst."

„Danke", flüsterte sie, echte Erleichterung war ihr anzusehen. Sie legte ihre Hände an seine Wangen und drehte sein Gesicht zu sich. Sie starrte ihn an, als könne sie seine Seele lesen, und ein Anflug von Sorge kehrte zurück. „Was ist passiert? Was musstest du tun, das du nicht getan hättest, wenn du die Wahl gehabt hättest?"

Es *waren* erst zwei Wochen vergangen, erkannte Del. Er war so sehr damit beschäftigt gewesen zu wissen, dass seine Gefährtin hier in Jasper war, dass er alle anderen wichtigen Dinge ignoriert hatte, wie ihr zu erzählen, wer er war und was vorher passiert war – was ihn zu dem gemacht hatte, der er war.

„Ich wollte nie Alpha sein", gab er zu. „Bevor Jace die Macht übernommen hat, in der Nacht, in der du angekommen bist, war ich der Alpha des Rudels. Das wusstest du, oder?"

Sie nickte. „Cassidy sagte, du hast die Führung von deinem Vater übernommen."

Del zuckte unwillkürlich zusammen. „Übernommen ist ein ... mildes Wort dafür." Er begegnete ihrem Blick und hoffte, sie mit seinem Geständnis nicht für immer zu verlieren. „Mein Vater war süchtig nach einer Droge, die die Hormone der Wandler durcheinanderbringt. Er war schon der Alpha des Rudels, aber es hat in ihm den Wunsch geweckt, mehr zu sein. Mächtiger, jemand, dem die Leute ohne zu zögern gehorchen."

„Ein Diktator und nicht ein Anführer wie Jace und Cassidy?"

„Ja, und gefährlich. Er hat einen der Teenager aus dem Rudel verletzt, der sich seiner Meinung nach respektlos verhalten hat. Der Junge hatte ihn nicht gesehen, hat nur rumgehangen und rumgealbert, und mein Vater hat ihn so schlimm verprügelt, dass Joey im Krankenhaus landete."

Stacy presste eine Hand auf ihren Mund. „O mein Gott!"

„Joey ist okay", versicherte Del ihr. „Aber er lebt nicht mehr hier. Ich habe für ihn ein neues Zuhause in einem Rudel in Edmonton gefunden, und es geht ihm gut."

Sie vibrierte in seinen Armen. „Erzähl mir den Rest."

Direkt war der einzige Weg. „Dad war für das Rudel gefährlich geworden. Die Kinder, die Babys – wir konnten es nicht so weitergehen lassen. Und der stärkste Wolf im Rudel, derjenige, der ihn konfrontieren musste, war ..."

Er konnte es nicht sagen.

Stacy streichelte seine Wange. „Du?"

„Jace."

Ihre Augen weiteten sich.

Del fuhr fort. „Aber Jace hatte Jahre in seine Ausbildung investiert und jeden Cent, den er gespart hatte, um Carter Wells zum Laufen zu bringen. Es ist ein System, das abgelegenen Gemeinden erschwingliches, sauberes Wasser zur Verfügung stellt, und er war kurz davor, den Traum in die Tat umzusetzen, als Dad aus dem Gleis geraten ist."

„Oh, Del."

Ihre Miene machte deutlich, dass sie den Sprung gewagt und die Zusammenhänge bereits erkannt hatte, aber er erzählte trotzdem noch den Rest. „Wenn Jace Alpha geworden wäre, wäre er hier angebunden gewesen, dabei musste er gehen, um sein Projekt abzuschließen. Für viele Leute hat das einen großen Unterschied bewirkt, und ohne ihn am Ruder wäre es nicht passiert, zumindest nicht, bis alles in Gang war. Ich hatte mein Studium schon abgeschlossen, war wieder in Jasper, und wollte bleiben. Ich war zwar nicht der Stärkste, aber stark genug. Ich habe die Bedrohung ausgeschaltet und wurde Alpha anstelle meines Vaters. Und weil Jace immer noch stärker war, musste ich mich Jace gegenüber wie ein Arschloch benehmen. Ich habe ihm gesagt, dass er die Stadt verlassen muss, sonst würde was passieren. Gott sei Dank hat er es getan, aber das bedeutete, dass ich plötzlich allein mit einem Job dastand, den ich nicht wollte, aber für den das Rudel mich dringend brauchte."

„Also wurdest du Alpha und nicht Hüter, was du von Anfang an hättest sein sollen." Sie nickte langsam. „Ich verstehe, warum du siehst, wie wichtig es ist, eine Wahl treffen zu dürfen."

Er musste es wissen. „Stacy. Willst du immer noch mit mir zusammen sein? Nachdem du gehört hast, was ich getan habe?"

Sie blinzelte einen Moment verwirrt, bevor es ihr dämmerte. „Dass du einen gefährlichen Mann ausgeschaltet hast, um die Unschuldigen zu beschützen? Del." Sie legte ihren Kopf auf seine Brust. „Du hast gerade erklärt, dass wir die Mamabären des Rudels sind. Glaubst du, ich würde nicht töten, um meine Jungs zu beschützen? Selbst wenn es jemand wäre, der mir einmal nahe war?"

„Ich hoffe, das musst du nie, aber ... du hast recht. Du bist entschlossen und sanft und stark und süß und alles, was ich will." Die Erleichterung war so intensiv, dass er schwankte. „Danke."

„Was für ein Paar wir sind", flüsterte sie. „Irgendwie perfekt füreinander."

Sie blieben noch eine Weile so und klammerten sich

aneinander. Dann drückte Del sie sanft zu ihrem Kissen. „Lass uns unter die Decke gehen", schlug er vor. „Ich muss bleiben und dich halten. Mehr nicht im Moment. Lass mich dich einfach halten."

Sie nickte und sah erschöpft aus. Aber ihre Augen waren klar und hell, und sie schien zufrieden damit zu sein, sich in seinen Armen zusammenzurollen, Gesicht an Gesicht, ihre Gliedmaßen verschlungen, ihre Hände miteinander verflochten.

Es war kein Sex, aber es war trotzdem sehr intim.

Sein Wolf beruhigte sich, zum ersten Mal seit Monaten friedlich. Del schlief mit seiner Gefährtin in den Armen ein und dem Versprechen einer Ewigkeit irgendwo vor ihnen.

15

Licht stahl sich durch den Vorhang, und eine warme, sinnliche Frau lag an ihn geschmiegt. Dels Körper war hellwach, auch wenn sein Verstand es nicht war. Oder zumindest war sein Schwanz wach, hart und steif an Stacys süßen Hintern gedrückt.

Er summte glücklich, als ihm klar wurde, dass sie sich irgendwann in der Nacht wie ein Löffelchen an ihn geschmiegt hatte, und er nicht nur an ihren Po gedrückt war, sondern seine linke Hand auch ihre Brust hielt. „Bitte sag mir, dass du wach bist."

„Wach, aber ich warne dich, dass, auch wenn meine Gedanken in die gleiche Richtung gehen wie deine –"

Das Fußende der Matratze hüpfte. Einmal, zweimal, dreimal.

„Maaaaaaama." Ace kletterte über ihre Beine. Del schmiegte sich instinktiv dichter an Stacy, damit niemand auf empfindliche Teile seines Körpers trat. Noch eine Bewegung, und der Junge saß rittlings auf Dels und Stacys Rippen und sah mit Freude in den Augen auf sie herab. „Ihr hattet eine Pyjamaparty!"

Oh Scheiße!

Gott sei Dank, lachte Stacy.

Sie drehte sich um, rutschte zurück in eine sitzende Position und nahm Ace in die Arme. „Die hatten wir. Wie geht's euch heute Morgen? Habt ihr im Schlaf eine Alieninvasion aufgehalten?"

„Ich habe von Hamburgern geträumt", verkündete Blaze und drängte sich energisch in Dels Schoß. „Ich habe Hunger."

„Kann ich verstehen", sagte Del, bevor er ein entsetztes Gesicht aufsetzte. „Dein Kissen ist doch nicht weg, oder? Du hast es nicht mitten in der Nacht gegessen?"

Blaze kicherte. „Ich habe von Hamburgern geträumt, nicht von Marshmallows. Jeder weiß, dass man sein Kissen nur isst, wenn man von Marshmallows träumt."

„Oh. Das muss ich mir merken." Del sah dem Wolf in die Augen, der immer noch am Fußende des Bettes hockte. „Guten Morgen, Colt."

Colt senkte den Kopf, und sein Blick huschte zwischen Del und seiner Mutter hin und her. Ja, er war alt genug, um zu wissen, dass das keine Pyjamaparty war.

Auch Stacy war sich dessen bewusst, in den Augen in ihrem Hinterkopf, wie sie alle Mütter hatten. Während sie Ace umarmte und seiner Liste von allem lauschte, was er an diesem Tag tun wollte, winkte sie Colt zu sich.

Er trat vorsichtig in den Raum genau zwischen ihnen beiden.

„Ich möchte, dass Del dir heute Morgen deine Lektion erteilt", sagte sie zu Colt. „Heute Abend haben Del und ich ein Date, also kann er dann nicht mit dir arbeiten. Okay?"

Colt wandelte, und zwischen ihnen saß ein kleiner blasser Mensch mit großen Augen. „Ihr habt ein Date?"

„Können wir mitkommen?", fragte Ace. „Geht ihr wieder Bowlen?"

„Ihr müsst in der Lodge bleiben", informierte ihn Stacy. „Dieses Date ist nur für Erwachsene."

„Das ist doof", verkündete Blaze, bevor er Del stirnrunzelnd ansah. „Warum willst du ein Date nur mit Mum allein haben? Sie kann nicht annähernd so gut Kanonenkugeln machen wie wir."

Vom Regen in die Traufe. Del warf Stacy einen Blick zu, in der Hoffnung, einen Hinweis darauf zu bekommen, wie sie das erklären wollte.

Da war nichts zu machen. Sie sah sehr amüsiert aus, als wäre sie gespannt, was er sagen würde.

Del konzentrierte sich auf die drei fragenden Augenpaare, die ihn jetzt anstarrten. Er ging Sätze in seinem Kopf durch und verwarf sie einen nach dem anderen. ‚Eure Mama und ich wollen sehen, ob wir uns mögen' war zu schwach und zu falsch, um es laut auszusprechen. ‚Wir sind Freunde' war zu weit von der Wahrheit entfernt.

Also gut. Bleib bei einer Wahrheit. „Ich habe vor, deine Mama ganz oft zu küssen, und das wäre wahrscheinlich langweilig für euch."

Ace zuckte mit den Schultern. „Ich küsse Mama oft. Seht ihr?" Er richtete sich auf und drückte ihr einen auf den Kopf. Ein feuchter, lauter Kleinjungenschmatzer. Dann drehte er sich zu Del um und küsste ihn genauso, bevor er vom Bett sprang und zurück in das Zimmer rannte, das er mit Blaze teilte. „Ich muss meine Autos finden."

„Hey, Del, weißt du, warum Wölfe frühstücken?" Blaze hatte das Date-Problem schon ignoriert und ging rückwärts zur Tür. „Weil sie einen Wolfshunger haben." Mit einem

Hyänenlachen drehte er sich um und jagte Ace hinterher. „Fass meine Trucks nicht an!"

Und damit blieb noch einer. Colt hatte die Arme um seine dünnen kleinen Beine geschlungen und starrte seine Mutter eindringlich an.

Sie hob eine Augenbraue. „Ja?"

Er sah Del an und dann wieder Stacy. „Mama, du bist kein Wolf."

„Nein, bin ich nicht." Sie wartete geduldig, während Colt nach den richtigen Worten suchte.

Willkommen im Club, kleiner Kumpel, dachte Del. Reden war schwer.

Colt nickte schnell, sah Del an und holte dann tief Luft. „Del hat mir beigebracht, meinem Wolf zu vertrauen. Dass ich Dinge sagen muss, wenn mein Wolf mich anstupst. Du hast keinen Wolf, also muss ich manchmal auch Dinge für dich sagen, glaube ich."

„Oh, Sweetie. Du bist mein kleiner Junge. Ich bin für dich verantwortlich, nicht umgekehrt."

Er schüttelte heftig den Kopf. „Das ist es nicht. Nur ... mit *ihm*. Blaze' Daddy. Er war nicht richtig."

Del verstummte. „Was meinst du?"

Colt hob das Kinn. „Er hat weder mir noch Blaze wehgetan. Aber er war nicht *richtig*. Als hätte er so getan, als wäre er jemand, der er nicht war. Also hat mir mein Wolf geholfen, und wir haben ihn nie sehen lassen, dass ich wandeln konnte. Ich weiß, dass ich damals kleiner war, aber ich erinnere mich. Mein Wolf hat mir gesagt, wir müssen es geheim halten, also haben wir es gemacht."

Die drei saßen auf dem Bett, die Sonne schien durch die Vorhänge, und trotzdem lag eine eisige Kälte in der Luft.

Neben ihm griff Stacy nach Colts Händen. „Du hast

recht. Porter war nicht der, für den er sich ausgegeben hat, also bin ich sehr froh, dass dein Wolf dir geholfen hat, dein Geheimnis zu wahren. Aber er ist niemand mehr, um den wir uns Sorgen machen müssen. In einem Punkt *war* er richtig, weil er mir deine Brüder geschenkt hat. Sie sind genau die, die ich mir immer für dich und mich gewünscht habe."

„Sie sind *meine*", erklärte Colt fest. „Sie sind keine Wölfe, aber sie sind mein Rudel. Und du auch." Er kroch etwas unbeholfener als Ace auf ihren Schoß mit seinen langen Gliedmaßen, fohlenhaft wie sein Name es sagte.

Del spürte einen heftigen Anflug von Stolz. „Gute Arbeit, Kumpel."

Colt begegnete seinem Blick, in seinen Augen mehr Wolf als Mensch. „*Du* bist richtig. Ich meine, mein Wolf sagt, du bist *richtig*. Für Mama, für mich und Blaze und Ace." Colt legte den Kopf in den Nacken und konzentrierte sich auf Stacy. „Er sagt, dass ich dir das sagen soll, dass du das wissen musst."

Süße, unerwartete Unterstützung von der unerwartetsten aller Quellen.

Stacy küsste Colts Nase. „Danke, dass du das mit uns geteilt hast. Dein Wolf ist sehr schlau."

„Er will, dass wir alle zusammen sind. Können wir das? Im Ernst?"

Sie lachte leise. „Nichts geht über ein bisschen zusätzlichen Druck. Also, Colt, Del hat mir heute Morgen gesagt, dass er und ich Gefährten sind. Aber da ich, wie du gesagt hast, ein Mensch bin, brauche ich noch ein bisschen, um das zu begreifen. Also werden Del und ich miteinander ausgehen."

Colt runzelte die Stirn. „Aber ihr seid Gefährten. Wie Cassidy und Jace, oder?"

„Ja, aber zuerst daten wir. Verstehst du?", sagte Stacy sanft. „Und jetzt geh dir die Zähne putzen und mach dich fürs Frühstück fertig."

„Mach dir keine Mühe mit dem Frühstück", fügte Del hinzu. „Wir gehen jagen."

„Okidoki. Aber putz dir die Zähne, und dann kannst du deine ... Häschen oder was auch immer essen." Stacy rümpfte die Nase.

Colt kicherte, als er aus dem Bett kletterte. „Du bist komisch. Du kochst andauernd Fleisch."

„Genau das ist es, Kurzer. Ich *koche*. Und jetzt geh. Del kommt gleich."

„Mach dir auch nicht die Mühe, dich anzuziehen. Wir treffen uns auf der Veranda", sagte Del zu ihm.

Colt eilte zur Tür, hielt inne und wirbelte dann herum, um sie anzusehen. „Es ist nicht nur mein Wolf", sagte er ernst. „Ich möchte auch, dass wir zusammen sind."

Stacy warf ihm einen Kuss zu. Er verschwand.

Nun, das war was.

Del zog Stacy an sich und küsste sie ausgiebig, knabberte an ihrer Unterlippe, bis sie sich mit einem Keuchen öffnete. Er streichelte mit seiner Zunge über ihre. Als er sich zurückzog, waren beide atemlos, und Stacys Wangen glühten pink.

„Nettes Sahnehäubchen", sagte sie zu ihm.

„Kinder bereichern das Leben, nicht wahr?"

Sie musterte ihn eindringlich. „Du bekommst nicht nur eine Gefährtin, sondern eine Familie."

„Ich würde es nicht anders wollen", sagte er ihr vollkommen aufrichtig. „Aber zuerst daten wir. Weißt du noch?"

Ihr Lächeln erhellte den Raum und plötzlich war die

Kälte verflogen, und alles, was Del sehen konnte, war ein klarer Weg zum Glück.

Stacy stand auf der Veranda und beobachtete, wie ihr Sohn und ihr ... Freund? Zukünftiger Gefährte? ... zwischen den Bäumen davonrannten. Colts Nase war gesenkt, und er war so ziemlich das Entzückendste, was sie je gesehen hatte.

Kluges Kind. Erstaunliches Kind. *Mein Wolf hat dir einiges zu erzählen.* Gott, ihr Herz explodierte fast bei dem, was er gesagt hatte.

Das bedeutete, dass es Zeit war, sich auf den Weg zu machen, aber keine Reisen mehr ohne Karte.

Sie rannte die Treppe hinauf, blieb vor dem Zimmer ihrer Schwester stehen und klopfte laut, während sie aus vollem Halse rief: „Stephanie! Beweg deinen Hintern nach unten, sofort!" Stacy holte ihr Handy heraus und schickte Cassidy eine Nachricht, während sie eine zweite und letzte Warnung rief. „Ich meine es ernst, Steph! Ich komme in zwei Minuten mit einem Eimer kaltem Wasser, wenn du bis dahin nicht am Küchentisch sitzt!"

Stacy schlich in ihre Suite und sah nach Ace und Blaze, die damit beschäftigt waren, eine epische Rennstrecke für ihre Spielzeugautos zu bauen. Sie schloss leise die Tür, ging nach unten und setzte Kaffee auf, denn sie war kein Monster, das wichtige Gespräche mit ihren Mädchen verlangte, ohne Kaffee anzubieten.

Drei Minuten später schlenderte Cassidy mit strahlenden Augen durch die Küchentür, während Stephanie mit ungekämmtem Haar und zerknittertem rosa Babydoll-Schlafanzug zum Tisch schlurfte.

Stacy stellte jeweils eine große Tasse Kaffee vor ihnen auf den Tisch und einen Teller mit Keksen.

Ihre Schwester hob die Tasse an die Lippen und stöhnte, während sie den Duft schnupperte. „Du bist ätzend, aber ich verzeihe dir, weil ... Koffein."

Cassidy lächelte Steph an und prostete dann Stacy mit ihrer Tasse zu. „Unsere frühmorgendliche Krisensitzung hat begonnen." Sie betrachtete die Kekse. „Du hast vor, sie als Belohnung für gutes Benehmen zu verteilen?"

„Genau."

Cassidy blinzelte. „Oh. Das war ein Scherz."

„Kein Scherz", informierte Stacy sie. „Wir haben eine Krisensitzung, und je früher ihr beide alles gesteht, desto besser."

Steph sah verwirrt aus, aber Cassidys Gesichtsausdruck tendierte zu Schuldbewusstsein, was ziemlich genau das war, was Stacy erwartet hatte. Sie sah ihre Freundin an. „Wusstest du, dass Del und ich Gefährten sind?"

Cassidy stieß triumphierend die Faust in die Luft. „Ja. Ich bin so glücklich –"

„Mögliche Gefährten", stellte Stacy klar. „Es ist noch nicht beschlossene Sache."

Ihre Freundin erstarrte mitten im Schwung und verzog das Gesicht. „Oh, Scheiße." Sie lehnte sich in ihrem Stuhl zurück. „Keine Kekse für mich, oder?"

„Keine Kekse für dich." Stacy wandte sich ihrer Schwester zu, die angestrengt versuchte zu begreifen, was gerade vor sich ging. „So sieht die Situation aus, Steph. Wir sind von einem Rudel von Wandlern umgeben. Wie sich herausstellt, hat Cassidy eine magische Verbindung zu Jace, die sie nun zur Mitherrscherin des ganzen Chaos macht."

„Hey, so chaotisch sind sie gar nicht", beschwerte sich Cassidy.

„Klappe zu, Alpha." Stacy zwinkerte jedoch und reichte ihr einen Keks. Cassidy hob ihn triumphierend in die Luft, während Stacy fortfuhr. „Del ist auch ein Wandler, und Wölfe haben vom Schicksal bestimmte Gefährten, und ich bin die Glückliche, in die sich Dels Wolf verliebt hat."

Stephanie runzelte die Stirn. „Du und Del, ihr habt euch doch gerade erst kennengelernt."

„Und wir werden erst eine Weile zusammen sein, aber es scheint, als hätte der magische, mystische Hokuspokus wieder zugeschlagen, und diesmal bin ich dran."

„Es ist nicht so schlimm", versicherte Cassidy ihr. „Der Teil mit den Schicksalsgefährten. Jace und ich waren vielleicht füreinander bestimmt, aber es ist auch das Richtigste, was ich je gefühlt habe. So ähnlich wie wenn der Blitz einschlägt und –"

Stephanie lachte. „Cass, deine Analogien sind scheiße." Sie sah Stacy ins Gesicht und musterte sie. „Bist du damit einverstanden? Wieder einen Mann in deiner Welt zu haben? Denn ich weiß, dass du in der Vergangenheit verletzt ..."

„Oh, Süße." Stacy nahm die Hand ihrer Schwester. „Ich war traurig und verstört, als James gestorben ist. Und Porters Verhalten hat mich verletzt. Aber ich bin klug genug, zu wissen, dass es nicht falsch ist, sein Leben weiterleben zu wollen. Es ist nicht falsch, einen Mann zu wollen, den man lieben kann. Ich habe euch beide, und ich bin so dankbar für alles, was ihr im Laufe der Jahre getan habt. Aber Del fühlt sich richtig an. Wie Cassidy gesagt hat."

„Na dann." Steph senkte ihr Kinn. „Also, lass mich das klarstellen. Du hast uns aufgeweckt, um uns zu sagen, dass du noch nicht Dels Gefährtin bist, es aber möglicherweise sein wirst, aber ihr werdet trotzdem daten. Das war im Großen und Ganzen auch der Zustand, in dem du warst, als wir schlafen gegangen sind."

„Ja."

Ihre Schwester starrte sie genervt an. Dann schnappte sie Stacy den Teller mit Keksen unter den Fingern weg und nahm den größten aus dem Stapel. „Gemein. Weck uns nicht auf, nur um uns zu sagen, was wir sowieso schon wissen."

Stacy lachte. „Das war nicht der Notfall. Der ist, dass ich heute Abend mit Del ausgehe. Wo sollen wir hingehen, und würdet ihr zwei auf die Jungs aufpassen? Außerdem wird die Küche nächste Woche einen Probelauf für unser erstes Degustationsmenü in der Timberwolf Lodge machen, und ich brauche euch beide dort, plus eine Liste mit Gästen. Wen fragen wir? Und ich brauche eure Hilfe, um das Menü einzugrenzen, weil Sophie, Jessica und ich uns nicht entscheiden können."

„Nun, das ist einfach. Natürlich helfen wir." Kekskrümel flogen herum, als Steph ihre Zähne in eine der süßen Leckereien schlug.

Cassidy nickte, doch sie senkte auch ihre Stimme und entschuldigte sich. „Tut mir leid, dass ich nicht früher was Konkretes darüber gesagt habe, dass du und Del Gefährten seid. Ich wusste nur so ungefähr, dass es vielleicht eine Möglichkeit war. Deshalb hat sich Del dir gegenüber komisch verhalten, Steph. Du weißt schon, die Sache mit dem Schnuppern."

Was? Stacy sah ihre Schwester an. „Del hat an dir *geschnuppert?*"

„Reg dich nicht auf. Er hat nicht herumgeschnuppert, sondern nur ... buchstäblich. Geschnuppert." Sie imitierte das Schnuppern eines Hundes und ging dabei um die Ecke des Tischs. Sie steckte ihre Nase in Stacys Haar und schnupperte noch ein paar Mal besonders intensiv.

Stacy lachte und stieß sie weg. „Hör auf. Das ist unhöflich."

„Das habe ich doch gesagt." Steph hob eine Faust. „Zeit, an die Arbeit zu gehen. Power-Drillinge, aktivieren."

„Zippy." Von Cassidy.

„Zapp-i-roni." Stephanie grinste.

„Zoom." Fauststöße, bereit zum Handeln. Stacy betrachtete ihre Freundinnen, und zum ersten Mal seit langer Zeit machte sich Zufriedenheit breit. Sie hatte einen Ort, an dem sie gebraucht wurde. Ihre Kinder waren glücklich und sicher und wuchsen von Liebe umgeben auf. Sie hatte einen Mann, der wusste, wie er sie halten musste, wenn sie es brauchte.

Es war Zeit, ihn von den wölfischen Socken zu hauen.

16

Del stand in Jace' Hütte und rückte seinen Kragen zurecht. Normalerweise liebte er seine eleganten Anzüge. Er liebte es, wie er sich darin fühlte, und er wusste, dass er gut aussah, aber so sehr er sich auch für sein Date mit Stacy schick machen wollte, irgendetwas schien nicht zu passen.

„Sollte ich das tun, wenn wir noch nicht hundert Prozent wissen, ob es ganz sicher ist?", wollte Del wissen. „Was ist mit dem Fremden, der nach Stacy gefragt hat? Was mit der Notiz, die sie in ihrer Schublade gefunden hat? Was ist mit den Drogen?"

Jace seufzte. „Ich habe Jasper gründlich durchkämmt. Dazu kommen meine Schnüffelnase und deine Schnüffelnase und Blues Schnüffelnase. Es gab nirgendwo eine einzige Spur der Droge."

„Aber wir haben sie gerochen."

„Das haben wir, aber wer auch immer sie gekauft hat, hat diesen einen Ausrutscher gemacht, und jetzt ist er entweder weit weg von der Stadt oder er ist extrem vorsichtig. Wir müssen davon ausgehen, dass derjenige irgendwann wieder Mist bauen wird, und wahrscheinlich bald." Jace ließ ein diabolisches Grinsen auf seinem Gesicht erscheinen. „Niemand kann das Zeug anfassen, ohne größenwahnsinnig zu werden. Irgendwann wird derjenige die falsche Person herumschubsen, und wir wissen, wer es ist."

„Außerdem hast du gesagt, das Toronto-Rudel hat diesen Dwight aufgespürt, und sie behalten ihn im Auge. Er ist zu Hause und geht nirgendwo hin. Also vergiss ihn für den Moment." Blue betrachtete die Krawatten, die er aufs Bett geworfen hatte, und verzog das Gesicht. „Du hast einen furchtbaren Geschmack, was Klamotten angeht, Alter. Die sind alle blau. Oder schwarz. Oder blau mit Schwarz."

„Ich weiß", sagte Del mit gespielter Traurigkeit und griff an seinem Cousin vorbei nach der Krawatte, die er wollte. „Wir können nicht alle wie Neonreklame leuchten."

Blue drehte sich zu ihm um und musterte ihn eindringlich. „Du machst dich lustig über mich." Er warf Jace einen Blick zu. „Macht er sich über mich lustig?"

„Nein, er meint es absolut ernst." Jace und Del verdrehten die Augen. „Warum machst du dir solche Sorgen, Del? Du weißt, dass Stacy schon so ziemlich in dich verliebt ist."

„Es ist nicht, dass ich nervös bin, ich will alles richtig machen. Sie hat es verdient, sich geschätzt zu fühlen, und ich will all die traurigen Momente aufwiegen, die sie in der Vergangenheit erlebt hat." Del strich seine Krawatte glatt und blickte dann zur Seite, wo Jace und Blue beide verstummt waren. „Was? Zu emo für euch?"

Blue ging zu ihm, und alle Spuren seiner lässigen Haltung verschwanden. Er stand einen Moment da und nickte dann. „Okay. Ich mag dich wieder."

Jace schnaubte. „Weil es immer darum geht, ob Blue dich mag oder nicht."

„Ja", beharrte Blue und presste seine Hand auf die Brust. Er beugte sich zu Jace vor und sprach in einem unheimlichen Ton. „Hast du noch nie vom Fluch des Omega-Wolfs gehört? Nichts, womit du dich anlegen willst, mein lieber Cousin."

„Du bist so ein Dummschwätzer", brummte Jace, aber er beäugte auch Del. „Und du, atme tief durch und hab' Spaß. Wir haben alles im Griff."

„Oh, warte. Ich habe ein Geschenk für euch zwei. Magisches Omega, yadda-yadda." Blue zog einen kleinen Bluetooth-Lautsprecher aus seiner Tasche und legte ihn in Dels Handfläche. „Du kannst mir später danken. Oh, und ich habe dir eine Playlist per E-Mail geschickt. Lade sie auf jeden Fall gleich runter und halte sie griffbereit."

„Danke." Del nickte ihnen zu, die kleine Knospe des Glücks in ihm neigte sich endlich in Richtung ‚vielleicht', wobei *vielleicht* eine sichere Sache war. Bereit, zur vollen Blüte zu wachsen.

Er tippte auf seinem Handy herum, während er über die Wiese zur Lodge ging, und wartete kurz, damit die Technik ihre Arbeit tun konnte. Während er dort stand, bewunderte er all die Verbesserungen, die sie in den letzten Wochen vorgenommen hatten. Die zwölf Hütten waren alle sauber und aufgeräumt, mit soliden neuen Dächern und Dachrinnen. Die Lodge selbst war mit einem Hochdruckreiniger gesäubert worden, und die alten Holzbalken glänzten in honiggoldenen Tönen, die das Sonnenlicht reflektierten.

Der Rasen war perfekt gemäht, hier gab es eine Feuerstelle und dort eine Reihe von Sonnenliegen. Auf dem Steg über dem Wasser standen ein kleiner Tisch und ein Sonnenschirm, was ein seltsamer Platz dafür zu sein schien. Hübsch, aber seltsam.

„Hallo, Fremder." Stacy stand auf der Veranda, Glück leuchtete in ihren Augen. Sie trug ein grünes Sommerkleid mit fröhlichen gelben Punkten. Bunt, aber nicht blendend wie Blues übliche Outfits. Einfach ... hübsch.

Del hielt die Blumen hoch, die er in der Stadt gekauft hatte. „Hallo, Fremde", antwortete er. „Wow. Du siehst fantastisch aus."

Sie nahm die Blumen und knickste. „Danke."

Er folgte ihr hinein, begierig darauf, ihr einen Kuss zu stehlen.

Alle drei Jungs standen in einer Reihe und starrten ihn an. Del hielt inne.

„Keine Sorge", versicherte Stacy ihm, als sie die Blumen in eine Vase stellte. „Sie kommen nicht mit uns. Sie wollten nur Hallo sagen."

„Hey, Jungs." Del winkte Colt zu und zerzauste Ace' Haar. „Blaze, was ist die Lieblingsjahreszeit eines Wolfs?"

Blaze' Augen funkelten. „Ich weiß nicht, was?"

„Die *Howl*idays."

Die drei reagierten, als hätte er gerade am Broadway einen Auftritt gehabt, kicherten vor kindlicher Freude, während sie ihn umringten und fest umarmten.

„Okay, wir müssen los", sagte Stacy zu ihren Jungs. „Noch ein Kuss von mir, und dann benehmt euch bei euren Tanten."

Sie küssten sie, und Ace küsste Del auch. Dann rannten sie die Treppe hinauf, stampfend, wie eine Herde wilder Ponys.

Stacy nahm Del an der Hand und führte ihn zur Hintertür hinaus. „Und jetzt ist Zeit für uns."

Sie gingen Hand in Hand über die Wiese, die

Sommerhitze flimmerte um sie herum. „Du hast mir nicht gesagt, wohin wir gehen", erinnerte Del sie.

„Es ist eine Überraschung." Sie führte ihn auf den Steg, ganz bis zum Ende, wo der Tisch stand. Der Sonnenschirm über dem Tisch war genau im richtigen Winkel angebracht, um dem Tisch Schatten zu spenden und ihnen gleichzeitig die Aussicht auf die Berge und den See zu ermöglichen. Sie zog einen Stuhl für ihn heraus. „Überraschung!"

Del lachte, entzückt von ihr. „Es ist perfekt, obwohl ich für dieses Restaurant vielleicht zu schick angezogen bin."

„Du siehst umwerfend aus", sagte sie zu ihm, als er sich setzte. Stacy beugte sich über die Rückenlehne seines Stuhls und drückte ihm einen Kuss auf die Wange. „Du bist ein gutaussehender Mann, Del. Ich meine, gutaussehender Wandler, denn dein Wolf ist auch sehr schön."

Eine Hitzewelle färbte seine Wangen, als sein Wolf das Kompliment auf sich wirken ließ.

Sie saß ihm gegenüber, und er konnte den Blick nicht abwenden. „Ich könnte Probleme beim Essen haben", warnte er. „Du nimmst mir den Atem."

„Ich hoffe, du kannst ein bisschen essen. Du musst bei Kräften bleiben." Schalk tanzte in ihren Augen. Sie deutete auf die Kühlbox rechts vom Tisch. „Da ist der Wein drin, wenn du mir die Ehre erweisen würdest."

Del fand eine gekühlte Flasche Pinot Gris, öffnete sie und goss ihnen zwei Gläser ein. Als er fertig war, hatte Stacy vor jedem von ihnen einen kleinen Teller abgestellt und einen dritten in die Mitte des Tischs.

Kleine Portionen Quiche und Räucherlachs waren wie Kunstwerke angerichtet, und ihm lief das Wasser im Mund zusammen, als der Duft von Fisch und Käse in seine Nase stieg. „Es ist fast zu schön zum Essen."

Stacy nahm eine der in Schokolade getauchten

Erdbeeren von der Mitte des Tisches. „Fast, aber ich hoffe, du kannst nicht widerstehen, einen Bissen zu nehmen."

„Kann ich nicht", gestand er. „Darauf kannst du dich verlassen."

Belustigung tanzte zwischen ihnen. „Ich habe über das Essen gesprochen."

„So?" Del lächelte, bevor er sie für eine Weile auf einen anderen Weg lenkte. „Erzähl mir von deiner Familie. Ich möchte mehr wissen."

Sie saßen unter dem Sonnenschirm und sprachen über Familie, Freunde, Ausbildung und Hobbys. Er wollte nicht, dass dieser Teil des Abends endete, als er von all den kleinen Dingen erfuhr, die sie begeisterten, und den Hoffnungen, die sie noch für die Zukunft hatte. Sie teilten eine Magie ganz anderer Art, während Stacy weiter köstliche Teller vom Servierwagen neben ihnen nahm. Sie plauderten stundenlang, während die Sonne langsam über den Himmel in Richtung der Berge wanderte.

Als der letzte Gang gegessen war und Stacy aufstand und ihn bei der Hand nahm, war Del bis ins Innerste seiner Seele zufrieden.

Sie schlenderten an der Aussichtsbank vorbei, die in ihrem gemeinsamen schmutzigen Traum die Hauptrolle gespielt hatte – Mann, erst letzte Nacht? Stacys Lippen verzogen sich zu einem Lächeln, und ihre Wangen waren rosig, als sie vorbeiging.

„Du willst nicht eine Weile sitzen und *reden*?", neckte Del.

„Wir haben jetzt festgestellt, dass *Reden* Reden ist und Rummachen. Aber ich würde gern den Sonnenuntergang sehen." Sie zeigte auf den grasbewachsenen Hang, der sich zum See hin neigte.

Sie setzten sich Seite an Seite und Hand in Hand, jetzt

still, anstatt sich zu unterhalten. Das Lachen der Jungen aus der Ferne drang zu ihnen herüber, und Del lächelte. An diesem Abend ging es nicht um die Kinder, aber jeder von Stacys Söhnen hatte seinen Platz im Gesamtbild. Dieser Wahrheit konnte man nicht entgehen.

Es war kurz nach neun, als Stacy ihren Kopf von Dels Schulter hob und ihn hochzog. „Unser Date ist noch nicht vorbei. Komm mit."

Er sollte geduldig sein und abwarten, was als Nächstes passieren würde, aber er wollte es wirklich wissen. „Nimmst du mich mit nach Hause, süße Stacy? Machen wir noch eine Pyjamaparty?"

„Nein und ja", sagte sie, bevor er enttäuscht reagieren konnte. Sie führte ihn auf die Veranda der abgelegensten Hütte. „Ich schätze, wir werden in Zukunft noch viele Morgen haben, an denen die Kinder früher aufstehen werden, als wir wollen. Und sie sind noch so jung, dass ich sie nicht aussperren kann." Stacy nahm Dels Gesicht in die Hände und sah ihm in die Augen. „Heute Abend möchte ich Zeit mit dir verbringen. Nur mit dir. Das geht nur, wenn wir nicht unter demselben Dach wie sie sind."

Dann stieß sie die Tür der Hütte auf.

STACY HATTE sich beim Essen Mühe gegeben, aber das war selbstverständlich für sie. Sie hatte sich eine Stunde lang den Kopf über das Zimmer zerbrochen, bevor ihre Schwester sie weggezerrt hatte.

Es war lange her, seit Stacy eine romantische Atmosphäre hatte schaffen wollen. Und darüber nachzudenken, warum das so war, war kein Gedanke für heute Abend. Heute Abend ging es darum, nach vorn zu blicken.

Nein. Heute Abend ging es um heute Abend. Präsent zu sein. Hier zu sein.

Mit Del.

Als sie durch die Tür trat, sah sie sich unter den dutzenden flackernden Lichtern um. Die batteriebetriebenen Kerzen tanzten wie Glühwürmchen und spiegelten sich in den honigfarbenen Wänden und ließen den gelben Quilt strahlen, den sie aus ihrem Zimmer geholt und über der Matratze ausgebreitet hatte.

Eine gestohlene Sekunde, um sicherzustellen, dass ihre Vorbereitungen während ihrer Abwesenheit nicht verschwunden waren, dann richtete sie ihre Aufmerksamkeit auf Del.

Würde er sich mit dieser offenen, abschätzenden Art umsehen wie immer? Würde er über den Charme lächeln, den sie versucht hatte, zu vermitteln?

Seine ganze Aufmerksamkeit war auf sie gerichtet, sein Gesichtsausdruck sanft und freundlich. „Danke, dass du den Quilt mitgebracht hast."

„Du hast ein lebendiges Bild mit diesem Quilt gemalt." Kaum ein Flüstern, das Bedürfnis hielt sie so fest, dass sie kaum sprechen konnte. „Del?"

„Ja, Darling?"

Sie lächelte. „Machst du Liebe mit mir?"

Del nickte. „Absolut. Aber zuerst …"

Er legte sein Handy neben ein paar Kerzen auf die Kommode. Dann folgte ein Bluetooth-Lautsprecher. Kurz darauf erfüllten die süßen Klänge einer klassischen Gitarre die Luft, zusammen mit einem Wasserfall und anderen Geräuschen der Wildnis. Eine perfekte Mischung aus Musik und dem, was die Natur darbot.

Einen Moment später nahm er sie in seine Arme und wirbelte sie herum, wobei er sie so gekonnt führte, dass Stacy keine Zeit hatte, sich Sorgen zu machen, ob sie ihm auf die Füße treten könnte. „Warum überrascht es mich nicht, dass du tanzen kannst?"

„Ich tanze nicht nur, ich tanze gern", sagte er. Die Finger seiner Hand auf ihrem Rücken spreizten sich weit und drückten sie näher zusammen, wodurch sie allmählich von außen nach innen erwärmt wurde. Ihre Wange streifte seine, das leichte Kratzen seines Barts wurde vertrauter.

Sie tanzten, während das Sonnenlicht, das durch das Fenster schien, zu den Rot- und Orangetönen eines schwülen Sommertages verblasste. Dann nahm Del ihr Gesicht in seine Hände und küsste sie. Langsam und süß. Eine flüsternde Liebkosung, die ihr einen Schauer über den Rücken jagte. Ein brennendes Verlangen, heiß und lodernd, und langsam flog sie aus dem Fenster.

Stacy schob seine Jacke von den Schultern, die Finger gierig an den Knöpfen. Er fluchte, packte seine Krawatte und riss sie hin und her, um sie zu lockern. Dann füllte Gelächter die Lücken, als sie seine Hände wegstieß und den Knoten löste, den er in seiner Eile fester gezogen hatte. Als er ihren Reißverschluss öffnete, waren die Schultern ihres Sommerkleides kurz davor, von ihrem Körper zu rutschen.

Sobald der Stoff fiel, stand sie in BH und Höschen vor ihm und er in ... nichts.

Lieber Gott, der Mann war gut gebaut.

„Du bist wie eine lebende, atmende Adonis-Statue." Stacy drückte ihre Hand auf seine Brust, einfach, weil sie es konnte. Sein Herz pochte unter ihren Fingern und sie zog die Fingernägel über seine Brust und genoss das Stöhnen, das sie ihm entlockte.

„Lebend, atmend, sich bewegend", fügte er hinzu, während sein Mund eine Spur am Rand ihres BHs entlang nachzeichnete, eine Sekunde bevor er auf magische Weise verschwand. Küsse jetzt auf ihrer Haut, gegen den Puls an ihrem Hals, über ihre Brustwarze.

Stacy umklammerte seinen Kopf und genoss den anschwellenden Rhythmus in ihrem Innersten.

Eine schnelle Bewegung später war sie in der Luft und wurde zum Bett getragen. Auf die hübsche gelbe Decke gesenkt, als wäre sie zerbrechlich. Er kletterte über sie, ganz Raubtier mit seiner Beute. Seine Augen glühten vor Hitze, als er tief einatmete und zufrieden lächelte. „Du bist erregt. Du willst mich. Willst uns."

„Ja." Stacy zog seine Lippen auf ihre, und sie küssten sich, während seine Hände sie erkundeten, neckten und liebkosten.

Er glitt unter den Rand ihres Höschens, und starke Finger strichen über ihre Locken. Er strich über die Haut über ihrer Klitoris, als würde er einen unbezahlbaren Schatz ausgraben. Dann wurde seine Berührung fester, wie sein Kuss, fordernder, besitzergreifender.

Stacy stöhnte, als er in sie eindrang, die Finger entschlossen, der Daumen strich weiter in diesem sinnlichen Rhythmus um ihre Klitoris. „Del. Ich will dich."

„Du hast mich." Ein Biss in ihre Unterlippe. Ihr Ohrläppchen.

Er streichelte tiefer, und sie bog sich gegen seine Hand. „Ich will mehr. Ich will deinen *Schwanz*."

Seine Lippen verzogen sich auf ihren zu einem Lächeln. „So ist das also."

Sie konnte nicht anders, als leise mit ihm zu lachen, denn es machte Spaß, mit ihm im Bett zu sein. Zu lernen, wie sie sich aneinanderfügten, zu lernen, wie sie es für sie beide richtig machten. „Du willst, dass ich schmutzig mit dir rede? Ist das dein Ding?"

„Mein Ding ist zu hören, was du willst, also ist es okay, wenn du sagst, dass du meinen Schwanz brauchst. Mein Ding ist deine Hände auf meinem Körper, die mich berühren", sagte Del. „Da habe ich kein Problem mit dem schmutzigen Reden."

Ein Schauer lief über sie. Er richtete sich plötzlich auf, riss ihr das Höschen herunter und senkte seinen Mund auf ihre Scham. Eine Sekunde später waren seine Finger wieder da und berührten Stellen, die ihr Inneres in eine tickende Zeitbombe der Lust verwandelten. Sie bemühte sich, die Teile von ihm zu berühren, die sie erreichen konnte. Füße auf seinem Rücken, Hände in seinem Haar. „Del. Ich bin so nah dran."

„Komm auf meiner Zunge. Ich werd' dich nochmal dorthin bringen", versprach er.

Sie warf ihren Kopf auf das Kissen. „Nein, jetzt. In mir."

So stur er auch sein mochte, die Verzweiflung in ihrer Stimme war deutlich zu hören. Del war jetzt über ihr und ließ sich zwischen ihren Schenkeln nieder. Sein Schwanz stieß gegen ihre Öffnung, als er seine Finger mit ihren verschränkte und ihre Hände auf beiden Seiten ihres Kopfs auf die Matratze drückte.

Niedergehalten, stillgehalten, eng an ihn gedrückt, genoss Stacy das Gefühl der Macht über sie. Sie sah Del in die Augen, als er sich nach vorn beugte und sie sanft vereinte.

So gut. So ...

Voll. Stacys Lippen zuckten. Der Mann war mächtig. „Gib mir einen Moment oder zwei", flüsterte sie.

Dels Lächeln strahlte wie die Morgensonne. „Du bist gut für mein Ego. Ich mach' das schon. Genieß es einfach."

Er bewegte sich so langsam, dass sie sich nicht sicher war, ob es passierte, bis er eindeutig nicht mehr tief in ihr war. Der Weg zurück dauerte genauso lang und war genauso quälend lustvoll. Immer und immer wieder, während Stacy in Dels Gesicht starrte und dort mehr als nur körperliche Lust sah.

Jetzt härter, ein gleichmäßiger Rhythmus, der ihr Inneres spiralförmig an die Klippe brachte. Sie schlang ihre Beine um ihn und hielt sich mit aller Kraft fest. „Del. Ja, härter!"

Er drückte ihre Hände und bewegte sich schneller.

Sie zerbrachen gemeinsam, die kleinen elektrischen Schläge in ihrem Bauch tanzten über ihre Haut wie winzige Küsse und große dröhnende Blitze. Del stöhnte und senkte seinen Kopf, um wieder von ihren Lippen Besitz zu ergreifen. Seine Hüften bewegten sich ohne sein Zutun, als er die Kontrolle verlor und sich dem Feuerwerk anschloss, das genau dort in dieser Hütte stattfand.

Als sie nebeneinander auf die Matratze sanken, waren sie immer noch miteinander verflochten. Beine und Hände, schwerer Atem, als sich auch die Luft zwischen ihnen zu verheddern schien.

Stacy strich mit den Fingern über seine Stirn. „Das hat mir gefallen."

„Mir auch."

Ein Grinsen breitete sich auf ihrem Gesicht aus. „Ich mag deinen Schwanz."

Del lachte und zog sie auf sich. „Ich mag, dass du meinen Schwanz magst." Er strich ihr eine lose Haarsträhne hinters Ohr. „Also, wann musst du zu Hause sein? Ich muss wissen, wie schnell ich dich in dein Zimmer zurückbringen muss, damit ich planen kann, wie schnell wir das gleich wieder machen."

„Ich muss um acht Uhr in der Küche sein."

„*Halleluja*", seufzte er, bevor er mit den Augenbrauen wackelte. „Duschen oder nochmal?"

„Nochmal unter der Dusche?"

Er nickte, als wäre das der brillanteste Vorschlag aller Zeiten.

17

Stacy ertappte sich dabei, wie sie in der Küche pfiff, und versuchte schuldbewusst aufzuhören, bevor eines der Mädchen etwas sagte. Schon wieder.

Seit dem Date war fast eine Woche vergangen, und seitdem hatten sie und Del weiter Zeit miteinander verbracht. Mit den Jungs und ohne sie. Sie hatten auch Momente gefunden, um sich davonzuschleichen und ungestört zu sein, und es schien, als würde Stacy pfeifen, weil sie so heiß auf ihn war. Allein der Gedanke an die süßen, sexy Momente mit ihm ...

Ja, sie pfiff wieder.

Sie warf einen Blick zu Sophie hinüber, und ihre Hoffnungen, nicht ertappt worden zu sein, schwanden. Die junge Frau schnitt fleißig frische Pasta auf der Theke in Streifen, aber ihr Grinsen sagte alles.

„Ich kann nichts dafür", beschwerte sich Stacy und trat neben Sophie, um ihre Arbeit zu begutachten. „Ich bin glücklich."

„Du bist glücklich", stimmte Sophie zu, bevor sie auf höchst undamenhafte Weise schnaubte. „O mein Gott, tut

186

mir leid. Aber du warst heute Morgen auch mindestens zweimal *glücklich*."

Jessica auf der anderen Seite des Raumes gab ein ersticktes Geräusch von sich. „Sophie. Das ist so unhöflich."

„Ich weiß." Sophie weinte jetzt fast vor Lachen. „Aber jemand muss es ihr sagen."

„Mir was sagen?" Stacy verschränkte die Arme vor der Brust und sah sie beide mit ihrem mütterlich-strengen Blick an. „Mir *was* sagen?", verlangte sie erneut.

Mit der Schüssel mit dem Hühnchen, das sie fertig entbeint hatte, ging Jessica auf die andere Seite der Küche und stellte sie in den Kühlschrank, bevor sie mutig vor Stacy marschierte. „Wir sind Wölfe. Und das bedeutet ..." Sie sah Sophie an, als würde sie um Hilfe bitten.

Sophie bedeutete ihr schnell, weiterzumachen.

Jessica senkte ihr Kinn, sah Stacy in die Augen und ließ es heraus. „Gerüche sind stark, weißt du? Manche stärker als andere. Jedes Mal, wenn du Del durch das Fenster siehst, wissen wir es, weil sich dein Geruch verändert."

Sophie lehnte sich über Jessicas Schulter, als würde sie aus ihrem sicheren Versteck Kraft schöpfen. „Und wir wissen vor allem, wenn ihr beide Sex habt. Du musst erschöpft sein von all den Orgasmen und –"

Stacys Hand schnellte unwillkürlich hoch, als ihre Wangen glühend heiß wurden. „Still, sofort! Ich weiß, ich habe gefragt, aber lasst uns dieses spezielle Gespräch nicht zu Ende führen, okay?"

„Wölfe wissen es immer", sagte Sophie und lächelte immer noch strahlend. „Normalerweise sind wir nicht so unhöflich, etwas zu sagen. Aber du bist so süß, ich konnte nicht anders."

Es schien, als wäre es nie eine gute Idee, Wölfe zu bitten, kein Blatt vor den Mund zu nehmen. „Ich bin nicht sauer und nicht wirklich verlegen. Na ja, nicht *zu* verlegen." Sie begegnete Jessicas Blick. „Okay, ich bin total verlegen, aber ich bin auch glücklich und heiß auf ihn, also ist es am Ende ein Gewinn."

„Immer." Jessicas Grinsen strahlte fröhlich.

Stacy holte tief Luft. „Nun, ihr wisst, dass ich noch lerne, also danke für den Hinweis. Und wenn ich in Zukunft andere wichtige Informationen über Wölfe nicht habe oder irgendwas falsch mache, müsst ihr es mir sagen, okay? Versprochen?"

Die jungen Frauen standen jetzt Seite an Seite und beobachteten sie aufmerksam. „Bist du sicher?", fragte Sophie.

„Ich bin sicher. Wir haben in kurzer Zeit viel erreicht, und ich vertraue euch beiden vollkommen."

Sie blühten beide wie Krokusse im Frühling, das Glück entfaltete sich direkt vor Stacys Augen.

Nur hielt Jessicas Freude nur einen Moment an, bevor sie verschwand. Ausgelöscht, als ob eine Hand über ihr Gesicht gewischt und nichts als Angst hinterlassen hätte.

Sie presste eine Hand auf den Mund, wirbelte herum und rannte aus dem Zimmer.

Stacy und Sophie standen geschockt da.

„Habe ich –", begann Stacy.

Sophie schüttelte den Kopf und rannte zur Tür. „Es hat nichts mit dem zu tun, worüber wir gesprochen haben. Ich gehe nach ihr sehen."

Stacy beobachtete von der Terrasse aus das Gespräch unten am Ufer, wohin Jessica sich zurückgezogen hatte. Sophie hielt eine von Jessicas Händen und sprach ernst mit der anderen Frau.

„Probleme in der Küche?" Marvin kam neben sie, verschränkte die Arme und blickte zum See hinunter.

Daisy ließ einen Ball ein paar Meter entfernt fröhlich auf dem Boden springen. Sie hielt inne, um Stacy zuzuwinken, bevor sie weiter sang und hüpfte.

„Nichts Schlimmes", sagte Stacy vorsichtig, obwohl sie immer noch keine Ahnung hatte, was los war. Sie blickte zur Seite. „Wo sind die Jungs?"

Er zeigte auf die andere Seite des Sees, wo drei Kanus vorbereitet wurden, auf die spiegelglatte Oberfläche hinauszufahren. „Die Jungs haben sie mitgenommen. Daisy wollte nicht aufs Wasser raus und ich bin eher ein Schwimmer als ein Paddler."

„Schwimmer oder eher Water?"

Marvin zwinkerte und tat dann so, als würde er wie ein Hund paddeln.

Sein Blick kehrte zu Stacys Hilfsköchinnen zurück. „Sie haben es fast geklärt."

„Kannst du das von hier aus erkennen?" Stacy war versucht zu fragen, ob er auch wusste, was das Problem war, entschied sich aber, aus Respekt vor Jessicas Privatsphäre zu warten.

„Sicher. Das siehst du alles in der Körpersprache." Er holte tief Luft und musterte sie. „Du fühlst dich langsam zu Hause im Rudel, oder?"

„Scheint so."

„Gut. Sie brauchen dich. Du verstehst, dass es bei Macht nicht nur um *Macht* geht." Marvin deutete auf Sophie, die jetzt ihren Arm um die weinende Jessica gelegt hatte. „Die Stillen. Die mit sanfter Macht können Berge einreißen."

„Wie Wasser über Felsen, das sie langsam auswäscht?"

„Oder manchmal nicht so langsam." Marvin zuckte die Achseln. „Dieses Rudel lernt aber, also bin ich glücklich. Es ist nicht immer einfach, der klügste Wandler im Revier zu sein, aber ich habe große Hoffnungen, dass diese Gruppe es irgendwann hinbekommt."

„Mit deiner Hilfe werden sie es bestimmt schaffen", sagte sie fröhlich.

Er lachte. „Siehst du, da bist du, ganz wässrig und süß und bringst mich dazu, auf meine Manieren zu achten, weil du so ziemlich das Süßeste bist, was ich je gesehen habe."

Erleichterung schlich sich ein, als sie Jessica und Sophie sah, die zur Lodge zurückkamen. Jessica weinte nicht mehr, sondern hielt ihren Kopf hoch.

„So *ziemlich* das Süßeste? Ich bin enttäuscht." Stacy klimperte mit den Wimpern in Marvins Richtung.

Er lachte laut auf. „Hör auf zu flirten. Du bist schon vergeben, und ich habe ein Auge auf jemanden geworfen, also sind wir beide vom Markt."

Oh, das war jetzt interessant. „Sag mir, in wen du dich verguckt hast. Ich verrate es nicht", versprach sie.

Daisy rannte los und hielt ihm ihren Ball entgegen. „Komm spielen", verlangte sie, bevor sie angestrengt nachdachte und hinzufügte: „Bitte."

„Natürlich, Süße." Marvin nahm den Ball, zog dann eine Augenbraue hoch und nickte in Richtung der jungen Frauen. „Du wirst dort gebraucht."

Stacy ging bereits in diese Richtung, aber sie rief ihm noch eine letzte, nicht ernst gemeinte Warnung zu. „Ich werde es herausfinden, Marvin! Warte nur!"

In der Küche trocknete Jessica ihr Gesicht, und Sophie machte sich wieder an ihre Pasta. Stacy kam leise herein und ging zu Jessica.

Die andere Frau richtete sich auf. „Mir geht's gut. Sophie hat geholfen, und du hast nichts falsch gemacht. Aber du musst wissen, dass ich so dankbar bin, dass ich hier arbeiten darf, und ich werde nie irgendwas tun, das dein

Vertrauen missbraucht." Ihre Stimme zitterte wieder, sie verlor die Fassung.

Stacy umarmte sie. „Freut mich, das zu hören."

Jessica erwiderte die Umarmung, bevor sie sie zurückschob. Ihr war die Entschlossenheit deutlich anzusehen. „Außerdem habe ich eine Bitte. Wenn es okay ist, könnte ich die nächsten paar Tage in einer der Hütten hierbleiben? Bei mir zu Hause wird gerade was an der Wasserleitung gemacht, und ich möchte nicht ohne Wasser leben."

„Natürlich", sagte Stacy. „Ich hole dir den Schlüssel für eine der Hütten."

Sie klopfte der jungen Frau auf die Schulter, bevor sie ging.

Macht und *Macht*. Hm. Sie lernte jeden Tag neue Wolfstricks.

~

ALS ER MIT DREI KANUS, Jace, Blue und den Jungs am Ufer des Sees stand, atmete Del tief durch in Erwartung eines großartigen Nachmittags.

„Ich will mit Mr. Del paddeln."

Drei Stimmen erklangen gleichzeitig, und so unglaublich das auch für sein Ego war, Del musste sofort eine Lösung finden. „Aber ich will mit Jace paddeln."

Jace schnaubte. „Ja, das kannst du vergessen."

„Also, du brauchst Hilfe, Dude." Del drehte sich zu den Jungs um und senkte dann seine Stimme. „Jace kann nicht gut steuern. Er könnte mitten im See stecken bleiben, wenn ihm kein richtig guter Paddler hilft."

„Colt ist der beste Paddler", flüsterte Ace so laut zurück, dass sie ihn wahrscheinlich in der Lodge hören konnten.

„Kann ich dich um einen Gefallen bitten?", sagte Del zu Colt und neigte seinen Kopf in Jace' Richtung.

Colt wusste, was los war, aber er zwinkerte, sodass seine Brüder es nicht sehen konnten, und winkte dann Jace zu. „Hey, kann ich dein Partner sein?"

„Sehr gern." Jace zeigte auf das rote Kanu. „Das ist unseres. Komm."

„Schau, da ist ein Regenbogenkanu!", rief Ace.

„Ich will im Regenbogenkanu mitfahren!", rief Blaze noch lauter.

„Das ist meins", sagte Blue trocken und sah Del an. „Verdammt, du bist gut."

„Hey, Blue." Blaze eilte zu ihm. „Du hast ‚verdammt' gesagt. Weißt du, wie man einen übergewichtigen Wolf nennt?"

Blue schnappte sich die Paddel und reichte Blaze eines. „Nein."

„Einen Schwerwolf." Blaze hatte den Bug des Kanus im Wasser, bevor Blue mit dem Augenrollen fertig war.

Ace zerrte an Dels Shorts, bis er den Jungen hochhob. „Ich darf mit dir paddeln", verkündete Ace in einem sehr selbstzufriedenen Ton.

„Das darfst du." Du bist ein Schlaumeier, weil du weißt, dass Blaze Regenbögen mag." Del zwinkerte Ace zu.

Sie waren kaum auf dem Wasser, als der kleine Racker die Dollborde des Kanus packte und sich dem zweiten Kanu zuwandte. „Hey, Blue, warum hat der Wolf die Straße überquert?"

„Warte, nein. *Ich* erzähle die Wolfswitze", beschwerte sich Blaze. Er hob sein Paddel und schlug es nieder, woraufhin eine Wasserwelle überall hin spritzte, auch über ihn und Blue. „Oops?"

„Del hat neulich einen Wolfswitz erzählt", bemerkte Colt.

Blaze rümpfte die Nase. „Das hat er. Und es war auch ein guter."

„Vielleicht sollten wir heute alle einen Wolfswitz erzählen", schlug Blue vor. „Okay?"

Nach kurzem Überlegen nickte Blaze. „Okay."

„Gut, denn wenn ich einen Wolfswitz erzähle, ist er zum Heulen." Blue hob die Arme in einer Muskelprotzpose und beugte sich dann nach vorn, als würde er sich verbeugen.

Drei Paar kleine Jungenaugen starrten ihn verwirrt an.

Blue versuchte es noch einmal. „Zum Heulen ... verstanden?"

Blaze schniefte, offensichtlich enttäuscht, doch er wollte Blues Gefühle nicht verletzten. „Der war wirklich gut, Blue. Jace, jetzt bist du dran."

Die Kanus lagen nun Seite an Seite und glitten auf die Landzunge vor der Lodge zu. Jace räusperte sich. „Was ist mein liebstes grünes Gemüse?"

„Ist das ein Wolfswitz?", wollte Blue wissen, ganz aus der Fassung, weil sein Witz nicht angekommen war.

„Ich bin ein Wolf, oder?" Jace zwinkerte Blaze zu. „Weißt du, was ich liebe? A–ruuuuukola."

Gekicher rundum. Colt hob eine Hand. „Gott, der war schlecht. Jetzt bin ich dran. Blaze und Ace, warum nehmen Werwölfe nicht an der Olympiade teil?"

„Warum nicht?", riefen die Brüder zurück.

Colts Augen funkelten, als er Dels Blick begegnete. „Kommt schon ..."

„Keine Ahnung."

„Weil sie Angst haben, eine Silbermedaille zu gewinnen!"

Blaze klopfte sich auf den Bauch, während er laut lachte, und Ace hüpfte so heftig auf und ab, dass Del paddeln musste, um das Gleichgewicht zu halten.

„Ace, erzähl deinen Witz zu Ende. Warum hat der Wolf die Straße überquert?", fragte Del.

„Er hat das Huhn gejagt." Ace lachte über seinen eigenen Witz, als er aufsprang und sich umdrehte. Das Paddel ignorierte er, da er sich mehr auf die Witze als auf die Kanufahrt konzentrierte. „Jetzt du, Del."

„Ich schätze, ich sollte mir meinen gut überlegen. Mal sehen ..." Del steuerte ihr Kanu weiter von dem Regenbogenkanu weg, aber Blaze schien entschlossen, sie mit fast sich berührenden Dollborden zu paddeln. „Welches Tier ist grau, hat vier Beine, heult den Mond an ... und frisst Zement?"

Ace öffnete den Mund und runzelte dann die Stirn beim letzten Teil der Frage. „Ein Wolf, aber sie fressen keinen Zement."

Jace kicherte bereits. „Oh, ich verstehe. Es ist ein Wolf, Ace. Del hat den Zement benutzt, um es euch schwer zu machen."

Diesmal Stöhnen und Lachen. Blue tauchte sein Paddel ein, um Del mit Wasser zu bespritzen, nur Blaze beschloss, gleichzeitig dasselbe zu tun, und ihr Kanu kippte sofort um.

Als ob er eine Zeitlupensequenz beobachtete, sah Del den Rest der Katastrophe in allen Details. Blue griff nach Blaze, der den nächsten greifbaren Gegenstand packte. Was bedeutete, dass das gesamte Gewicht der beiden auf der Seite von Dels Kanu landete. Er versuchte, sein Gewicht in die andere Richtung zu verlagern, und fiel über die Seite in Jace' Kanu, das sofort umkippte.

Sekunden später tauchten fünf Köpfe über dem Wasser auf, während Del verzweifelt nach dem sechsten suchte.

Ace war der Einzige, der noch in einem trockenen Kanu saß. Er streckte den Kopf über die Kante der Bordwand, seine Augen weiteten sich, während er das Chaos um sich herum betrachtete. „Gehen wir schwimmen oder Kanu fahren?"

„Ein bisschen von beidem?", schlug Jace vor.

„Wartet auf mich." Der Junge warf sich wie eine Kanonenkugel über Bord und hätte Del fast mitgerissen. Ace wurde wie ein Korken hochgeschossen, seine Schwimmweste hielt seinen Kopf hoch über Wasser. „Okay. Ich bin bereit."

Blaze klammerte sich an das Ende eines Kanus, ein entschlossener Ausdruck auf seinem kleinen Gesicht. „Letzter Witz. Was macht ein Wolf als Erstes, wenn er in den See fällt?"

„Keine Ahnung", sagte Blue und warf herumtreibende Gegenstände in das einzige nicht gekenterte Kanu. „Was macht er als Erstes?"

„Er wird nass", verkündete Blaze mit einem Kichern. „Tut mir leid, Leute."

„Schon gut. Wir sind waschbare Wölfe, oder etwa nicht?" Del zwinkerte ihm zu. „Planänderung. Nächste Lektion – wie man ein gekentertes Kanu aufrichtet."

Es folgte viel Planschen und Gelächter, und obwohl es nicht das Abenteuer war, das sie geplant hatten, war es immer noch ein Abenteuer. Del atmete tief durch und sog alles in sich auf.

18

„Stephanie, du bist eine Göttin!"

Der Essbereich war verwandelt. Stacy stand in der offenen Tür, die Hände an die Wangen gepresst, und sog alles in sich auf.

Del wusste nicht, wohin er blicken sollte. Auf die erstaunliche Einrichtung oder darauf, wie entzückt Stacy über die Verwandlung war.

Für die erste Veranstaltung des Chef's Table-Events der Timberwolf Lodge hatten sie beschlossen, es Stacy leichter zu machen, zu kochen und trotzdem zu sehen, wie ihre Kreationen ankamen. Anstatt sie und ihre Hilfen vom Gastraum abzuschneiden, hatten sie die Schiebetüren zwischen der Küche und dem großen Raum, der ein Ballsaal sein könnte, aufgeschoben. Die Holzbalkendecke ragte hoch über ihnen auf, und die lange Reihe von Fenstern, die auf den See hinausblickten, war mit funkelnden LEDs umrandet.

Ein Tisch im Landhausstil erstreckte sich über die gesamte Länge des Raums, mit acht Stühlen auf beiden Seiten. Die Gruppe würde heute Abend einige Gänge essen, die wie bei einem Familienabendessen in Schüsseln zur Selbstbedienung auf den Tisch gebracht werden würden, andere Gänge würden hübsch auf Tellern angerichtet serviert werden, und währenddessen konnten Stacy, Sophie und Jessica um die Ecke spähen und die Reaktionen genießen.

Blue hatte angeboten, sich für den Abend um die Jungs zu kümmern, und sie aßen gerade Hotdogs unter ihrem Baumhaus. Hier in der Lodge freute sich Del auf ein wunderbares Essen mit seinen Rudelkameraden. Er hoffte, dass Stacy nach dem Essen einwilligen würde, sich für ein, zwei Nächte für ein ausgedehntes Date mit ihm davonzuschleichen, in der Hoffnung, dass sie ihm ihre Liebe gestehen würde. Sie war so beschäftigt mit den Vorbereitungen für diesen Abend gewesen, dass sie eine Chance verdient hatte, wegzukommen und sich zu entspannen.

Eine Stunde später war klar, dass ein paar Holperer ausgebügelt werden mussten – sie brauchten auf jeden Fall mehr Personal zum Servieren – aber das Essen hatte den Nerv aller getroffen.

Jeder, der das Glück hatte, zum Essen eingeladen worden zu sein, verbrachte seine Zeit zwischen Stöhnen über die Aromen und Staunen über die hübsche Präsentation.

Angie war da, genauso wie zwei weitere Singlefrauen aus dem Rudel. Vier ältere Paare hatten sich gefreut, sich ihnen anschließen zu können, Rudelangehörige, von denen Sophie glaubte, dass sie durch Mundpropaganda Leute für zukünftige Veranstaltungen an Bord holen könnten. Jace, Cassidy, Stephanie und Marvin vervollständigten den Tisch.

Und er selbst, der stolz seine Schultern zurückzog, als

der Abend voranschritt und das kulinarische Genie seiner Gefährtin deutlich erkennbar wurde.

Sie hatten das Hauptgericht beendet, und Hilfskräfte räumten die Teller ab. Stacy stand neben dem Tisch, und Angie lobte sie überschwänglich.

„Honey, koch regelmäßig so, und die Leute werden aus allen Teilen des Landes angeflogen kommen, um einen Platz am Tisch zu bekommen", sagte Angie.

„Ganz meine Meinung." Mr. Holmes strahlte sie an. „Ich habe noch nie besseres Schweinefleisch gegessen, und glauben Sie mir, ich habe in meinem Leben schon einiges probiert." Er tätschelte seinen runden Bauch und lachte mit den Rudelmitgliedern um sich herum.

Hinter ihm flog die Haustür auf und krachte wie üblich gegen die Wand.

Del zuckte nicht mit der Wimper, da er damit rechnete, dass Blue jeden Moment mit den Jungs zurückkommen würde, aber Cassidy und die anderen zuckten alle erschrocken zusammen.

Cassidy presste die Lippen zusammen. Ihre übliche Beschwerde „Habt ihr Säcke vor der Tür?" oder Ähnliches war in diesem Moment nicht die richtige Wahl.

„Wir müssen was mit dieser Tür machen", sagte sie steif zu Jace. „Sowas wie das Gegenteil von Einfetten. Etwas, damit sie nicht so auffliegt."

Clara Holmes lachte, bevor sie die Augen weitete und ins Foyer zeigte. „Oje. Entweder ist Emma sehr spät dran, oder Sie haben einen ungebetenen Gast."

Emma?

Del war sofort auf den Beinen und schoss nach vorn, um sich zwischen der Frau und dem Tisch aufzubauen. Die sonst so hübsche Blondine sah abgerissen und ungepflegt aus, ihre teure Kleidung war in Fetzen. Einen

Moment lang befürchtete er, sie habe einen Unfall gehabt.

Dann roch er es. Den Geruch, scharf und beißend, nicht verblasst oder in nur noch winzigen Spuren. Die Droge, die seinen Vater zerstört hatte. Die Droge, nach der sie wochenlang gesucht hatten. Emma stank danach.

Es war das Beste zu versuchen, die Situation so gut wie möglich unter Kontrolle zu halten. Es war nicht abzusehen, wie sie reagieren würde, wenn er sie einfach angriff. „Ungebeten trifft es sehr gut. Was machst du hier, Emma?"

Ihre Augen blitzten vor Wut, nur diesmal starrte sie in die Küche, wo Jessica und Sophie standen. „*Du*. Was hast du getan?"

„Das einzig Richtige", flüsterte Jessica.

„Du hättest tun sollen, was dir gesagt wurde!", schrie Emma frustriert und bewegte sich bedrohlich auf Jessica zu.

Sophie schob sich im selben Moment zwischen sie, als Del es auch tat. Außer Sprungweite, aber nah genug, um anzugreifen, falls es nötig wurde.

Kummer erfüllte ihn. Bedauern, zusammen mit einer Welle von Erinnerungen. Er hoffte, dass dieselbe Vorgehensweise nicht noch einmal nötig sein würde.

„Schon okay, ich hab' das im Griff", sagte Jessica lauter. Sie drückte Sophies Schulter und ging dann an ihr vorbei, das Kinn immer noch hocherhoben, ihre Angst unter Kontrolle. „Ich habe beschlossen, das Beste für mein Rudel zu tun, und das bist nicht du."

„Das wirst du bereuen. Ich werde dich fertigmachen." Speichel flog, als Emma die Worte keifte.

Jessica drehte sich zu Stacy um. „Emma will die Kontrolle über das Rudel. Sie hat Beweise dafür, dass ich bei einigen Prüfungen, die ich vor Jahren gemacht habe, geschummelt habe, also ist mein Zertifikat nicht das Papier wert, auf dem es gedruckt ist. Sie hat mir den Job hier verschafft, damit ich heute Abend was ins Essen mische. Sie hatte vor, erst zu kommen, wenn ihr alle krank seid, damit sie tun und lassen kann, was sie will, aber ich habe es nicht getan." Sie hob ihr Kinn noch höher und warf Emma einen angewiderten Blick zu, bevor sie sich wieder Stacy zuwandte. „Es ist mir egal, ob ich meine Zertifizierung verliere. Ihr habt mir vertraut, und ihr könnt mir auch weiter vertrauen."

„Ihr seid tot. Sobald ich das Kommando hier übernehme, seid ihr alle *tot*", knurrte Emma und wandelte ihre Hände zwischen Fingern und Klauen hin und her, als hätte sie ihren eigenen Körper nicht unter Kontrolle.

Del trat auf sie zu und zwang sie, ihre Aufmerksamkeit auf ihn zu richten. „Interessanter Plan, aber da du hier bist und eindeutig eine Herausforderung ausgesprochen hast, werden wir das auf die altmodische Art und Weise erledigen."

„Geh mir aus dem Weg, Del", zischte Emma. „Du bist schwach. Du hast deinen Rang als Alpha aufgegeben. Du bist *schwach* und *nutzlos* und bist es nicht wert, dass man auf dich spuckt."

Meine Güte, diese Einschätzung könnte einem Mann Komplexe bescheren, wenn er sich einen Dreck darum scherte, was die Frau denkt.

„Du willst uns um die Führung des Rudels herausfordern?" Jace saß immer noch entspannt auf seinem Stuhl, ein offensichtliches Zeichen, dass Emma seine Mühe nicht wert war. Er stellte die Frage gedehnt, als könnte er beim besten Willen nicht nachvollziehen, was sie gesagt hatte. „Sowohl Cassidy als auch ich können dir in den Hintern treten. Ich glaube nicht, dass das gut für dich ausgehen wird."

„Natürlich nicht du. Oder sie", Emma warf Cassidy einen wütenden Blick zu.

„Erinnere mich irgendwann daran, dir zu erzählen, wie Cassidy der kleinen Emma bei ihrer ersten Begegnung das Ego verletzt hat." Stephanie verzog das Gesicht und schnupperte, als hätte Emma einen unangenehmen Geruch hereingeschleppt.

„Sei nicht so bescheiden", lächelte Cassidy. „Du warst diejenige, die sie gefesselt hat."

„Wirklich?" Mrs. Holmes richtete sich neugierig auf. „Das hört sich –"

„Haltet die Klappe! Haltet alle die Klappe!", schrie Emma, bevor sie sich Stacy zuwandte. „Ich fordere *sie* heraus. Die Neue, die denkt, sie sei so schlau. So geeignet, die räudigen kleinen Bälger dieses Rudels im Griff zu halten. Es ist mir egal, wie du sie verzaubert hast, ich werde dich vernichten."

„Stacy kann nicht herausgefordert werden", sagte Jace, immer noch entspannt, als diskutieren sie, ob der Nachtisch jetzt oder nach einem Spaziergang serviert werden sollte.

„Bitte, sie stinkt nach ihm." Emma zeigte mit dem Finger auf Del. „Ihr seid Schicksalsgefährten, oder? Wartest du auf den *romantischen* Moment, um es deinem Menschen zu sagen? Scheiß drauf. Oder, sollte ich sagen, scheiß auf dich. Ihr seid so gut wie Gefährten, was sie zu einer Anführerin macht, und ich fordere sie heraus."

Das würde nicht passieren. „Nein." Del wiederholte Jace' Antwort. „Du willst den Hüter, das bin ich."

Die Haustür war immer noch hinter Emma offen, und plötzlich stürmten Stacys Jungs herein. Lachen und Kichern verstummte, als sie nur Zentimeter vor dem ungebetenen Gast abrupt stehenblieben.

Blue kam hinter ihnen herein, Überraschung blitzte in seinen Augen auf.

Bevor sich jemand bewegen konnte, wirbelte Emma herum und schwang die Hand in Richtung der Kinder.

Schreie erklangen. Knurren. Colt wandelte sich sofort und fletschte die Zähne, während er versuchte, zwischen sie und seine Brüder zu kommen. Blaze stolperte über Colt und fiel zu Boden.

Damit blieb Ace, dessen Blick durch den Raum zu Stacy wanderte, als Emma ihn hochriss. „Mama?"

Emma sprang weg und hielt ihn wie einen Schild vor sich. „Willst du nochmal ablehnen? Oder bist du bereit, zu kämpfen?"

Tiefe und eisige Angst huschte über Stacys Gesicht, dann sprach sie mit Kraft und Überzeugung. „Lass. Ihn. Los."

Alle im Raum spürten die Macht ihrer Worte.

Emma schwankte. Ihre Miene wurde finsterer. „Was ... *was* hast du gesagt?"

Es schien, als wäre Mama Bär erwacht.

Stacy ging um den Tisch herum, und da bemerkte Del, dass sie ein langes Messer in der Hand hielt.

Nichts als Wut blieb. Einen Augenblick lang war Stacy vor Angst gelähmt, der Anblick ihres kleinen Jungen in den Klauen dieser Verrückten war furchtbar und seelenbetäubend.

In der nächsten Sekunde war Wut in ihr erwacht. Doch irgendwie schaffte sie es, ruhig neben Del zu treten, die Hitze in ihr nicht weniger intensiv, doch eine glühende Wut, die sie in einer Schicht eisiger Stille einschloss.

„Stacy, sei vorsichtig", warnte Del. „Emma hat dieselbe Droge genommen wie mein Vater."

Ihre Anspannung wuchs. Noch eine Schicht von Verrat. Einem so guten Mann wie Del diese Erinnerung, diesen Schmerz zuzufügen, war unentschuldbar.

In Stacys Kopf tanzte ein Wirrwarr von Worten und Ideen. Marvins Bemerkungen über Macht – die stille Macht der Sanften. Die Veränderungen, die auf sanfte und behutsame Weise am Rudel vorgenommen wurden. Wie eine Mutter, die den richtigen Ansatz findet, um ihre Kinder zu lenken. Manche brauchten Humor, andere brauchten Regeln, doch alle brauchten Liebe.

Stacy dachte über all das nach, während sie Ace' Blick festhielt. Er kämpfte tapfer darum, nicht zu weinen. Ihr unschuldiger kleiner Junge, der nichts als Liebe und Glück war, hatte Angst, weil diese Frau ... nicht führen, sondern eine allmächtige Tyrannin sein wollte.

Diese Frau, die dieselbe Droge genommen hatte, wegen der Del seinen Vater hatte töten müssen.

Die Wahrheit traf sie hart und ungefiltert. Ja, vielleicht hatte jeder einen anderen Ansatz, den man benutzen konnte, um Veränderungen herbeizuführen. Aber manchmal war das, was eine Mutter anwenden musste, liebevolle Strenge. Genau, was diese Frau brauchte. Vielleicht, nur vielleicht, könnte sie damit eine Veränderung für eine bessere Zukunft bewirken.

Blue hatte ihre anderen Kinder aus der Gefahrenzone gebracht. Stacy stand neben Del, nur Emma und Ace vor sich, das Rudel und ihre Freundinnen hinter ihnen.

Sie legte ihre linke Hand auf Dels Arm. „Mein Job", sagte sie leise.

Ein heftiges Zittern durchfuhr ihn. Sein Wunsch, sie zu

beschützen, überwältigte ihn beinahe, bevor Vertrauen und Liebe wie etwas Greifbares diesen Platz einnahmen.

Er trat einen Schritt zurück und ließ sie allein.

Du bist nie allein. Ich bin immer hier.

Die Worte waren in ihrem Kopf. Sein Wolf, der sie beruhigte, sie liebte.

Stacy schickte einen Kuss durch ihre Verbindung zurück und konzentrierte sich dann auf Emma. „Lass meinen Sohn runter, dann werden wir uns unterhalten."

Sie erwartete, dass Emma rundheraus ablehnen oder Ace wegschleudern und sich auf sie stürzen würde. Beides ergab auf eine unsinnige Art Sinn. Eine weitere Runde großer Worte oder ein direkter Angriff. Stacy erwartete, dass Emma das Bedürfnis hatte, mehr große Worte zu schwingen und einen Monolog zu halten wie in einem schlechten Film mit zweitklassigen Schauspielern.

Und tatsächlich siegte das Ego. Emma umklammerte Ace mit ihrem linken Arm, sodass sie die krallenbewehrten Finger ihrer rechten Hand bedrohlich heben konnte. „Also will die Maus mit dem Wolf spielen. Wie süß. Weißt du, es ist enttäuschend, dass ihr nicht alle ertrunken seid, als ihr hier aufgetaucht seid. Es wäre so viel einfacher gewesen."

„Unfälle passieren." Stacy war stolz, dass ihre Stimme nicht zitterte, selbst als die Erinnerung an den Van im Fluss erwachte. Die Angst, dass sie Colt für immer verloren hatte, die Panik, ihre Söhne nicht retten zu können.

Die kühle, ruhige Präsenz von Del, als er getan hatte, was nötig war.

Von diesem ersten Moment an war er da gewesen.

Emma warf den Kopf in den Nacken und heulte, ein gackerndes Lachen mischte sich hinein, das der Soundtrack eines Alptraums hätte sein können. „Ein Unfall?", höhnte Stacy. „*Ich* habe dir die Wegbeschreibung geschickt. Der einzige Fehler, den ich gemacht habe, war, mich nicht zu versichern, dass die Brücke schneller nachgeben würde."

Das Feuer in Stacy loderte noch heller. „*Du* hast die Karte geschickt?"

Die Karte, die sie fast alle umgebracht hätte.

„Ich habe in letzter Zeit viele Nachrichten verschickt", flötete Emma. Sie schüttelte Ace. „Du hättest deine Babys besser beschützen sollen, Mama. Du hättest dich von der Timberwolf Lodge fernhalten sollen, wo es so viele gefährliche Wölfe gibt."

Stacy hatte genug gehört. Sie sah Ace in die Augen und lächelte. „Wölfe sind nicht die einzigen mit Zähnen, die zubeißen können. Und zwar richtig."

Es passierte schneller als erwartet, doch Stacy hatte kluge Babys großgezogen. Während Stacy auf sie zu stürzte, schrie Emma und wirbelte herum, weil Ace seine kleinen Zähne in ihren Bizeps gegraben hatte. Sie stieß ihn von sich, und Ace flog davon.

Del war da und fing ihn auf, bevor er am Boden aufschlagen konnte, und verschwand aus Stacys peripherem Blickfeld. Gut, sie hatte andere Dinge, auf die sie sich konzentrieren musste.

Zum Beispiel sich unter der Klauenhand wegducken, die an ihrem Gesicht vorbeifegte. Sie wirbelte herum, um Emma von hinten zu packen. Stacy grub ihre Finger in den frischen Bissabdruck, den ihr Sohn am Oberarm der Frau hinterlassen hatte, schlang einen Arm um sie und übernahm die Kontrolle.

Das Tranchiermesser in ihrer rechten Hand balancierte an Emmas Kehle.

Emma erstarrte. „Das würdest du nicht tun."

„Ich würde es mit Schnuppern versuchen", schlug Stacy vor. „Rieche ich nach Angst? Rieche ich, als wüsste ich nicht, wie ich das tun muss, wenn es getan werden muss?"

Alle im Raum schienen die Luft anzuhalten, was sehr amüsant gewesen wäre, wenn es nicht gerade aus diesem Grunde passiert wäre.

„Nur zu", spottete Emma. „Töte mich."

„Wo bliebe da der Spaß?", knurrte Stacy zurück. „Wusstest du, dass sie im Biologieunterricht jetzt Schweinekadaver zum Sezieren verwenden?"

Emma schwieg und bewegte die Füße, als wollte sie versuchen, einen besseren Stand zu bekommen. Stacy drückte das Messer fester an ihren Hals und ein dünner Blutfaden sickerte aus dem feinen Schnitt, den sie gemacht hatte.

„Schweine entsprechen der menschlichen Anatomie fast perfekt, und obwohl ich weiß, dass du ein Wandler bist, bist du gerade in deiner menschlichen Gestalt", summte Stacy glücklich. „Wir hatten Schweinefleisch zum Abendessen. Wusstest du, dass ich ein Schwein in weniger als zwanzig Minuten zerlegen kann? Verstehst du, worauf ich hinauswill?"

„Was willst du?", knurrte Emma.

„Dass du die Timberwolf Lodge verlässt. Ich kenne die Regeln für Wolfswandler nicht gut, aber ich bin mir ziemlich sicher, dass es irgendetwas gibt, das besagt, dass du verschwinden musst und nie wieder in die Nähe meiner Familie kommen darfst. Oder soll ich einen Timer stellen und versuchen, einen neuen Rekord aufzustellen?"

Die Frau in ihren Armen spannte sich an. Der widerliche Geruch, ähnlich dem eines Stinktiers, hing in der Luft, und für den Bruchteil einer Sekunde wunderte sich Stacy. Egal, wie vernünftig ihr Angebot war, würde die

Droge Emma dazu zwingen, eine falsche Entscheidung zu treffen?

Die Frau unter ihrem Messer schmolz zu einem Wolf, das Fell glitt durch Stacys Finger. Sie hob die Klinge, da sie Emma nicht versehentlich die Kehle durchschneiden wollte.

Ohne einen Blick zurück verschwand Emma durch die offene Tür. Del und Jace waren sofort hinter ihr her, ihre Nägel kratzten auf dem Parkettboden, als zwei dunkle Wölfe aus dem Foyer schossen. Stacy ließ das Messer fallen und rannte los, das Rudel und ihre Freunde im Rücken. Als sie auf die Veranda drängten, bemerkte sie, dass Blue sich der Jagd anschloss.

Zufrieden, dass sie sich um Emma kümmern würden, suchte Stacy nach ihren Kindern.

Blaze tauchte hinter einem Busch auf der anderen Seite des Parkplatzes auf. „Blue hat gesagt, wir sollen uns verstecken, bis es sicher ist!", rief er. Colt erschien zu seinen Füßen, immer noch in Wolfsgestalt. „Ist es sicher?"

„Ja, kommt ins Haus." Stacy winkte fieberhaft und wirbelte herum, um den letzten von ihnen zu finden.

„Hier ist dein Baby." Stephanie reichte ihr Ace. „Ich gehe die beiden anderen holen."

Stacy drückte Ace so fest sie es wagte. „Du warst so tapfer."

„Ich habe sie gebissen", gestand Ace. „Tut mir leid. Ich habe versprochen, nie wieder jemanden zu beißen, aber ich habe es doch gemacht."

„Das war perfekt, und du hast genau das gemacht, was ich dir gesagt habe. Ich glaube, die Regeln sind jetzt anders als in deiner alten Kindertagesstätte", sagte Stacy, tippte ihm auf die Nase und lächelte. „Kleine Wölfe müssen manchmal ihre Zähne benutzen."

Er fletschte sie, dann brach er in Tränen aus und vergrub sein Gesicht an ihrem Hals.

Sie hielt ihn fest und ließ ihn weinen, während sie niederkniete, um Blaze und Colt in ihre Arme zu schließen. Ihre Söhne, ihr Herz, in Sicherheit.

Del. Der fehlende Teil der Einheit. Denn es hatte keinen Sinn mehr, so zu tun, als bräuchte sie Zeit oder als könnten Menschen sich nicht innerhalb weniger Tage verlieben.

Dieser Mensch hatte es getan, und das musste Del wissen.

19

———

Sie jagten Emma bis an den Rand des Jasper-Territoriums, drei mächtige Wölfe, die sich alle nur ein wenig zurückhielten. Sie hätten sie jederzeit einholen und die Bedrohung ein für alle Mal ausschalten können.

Aber Stacy hatte darum gebeten, Emma zu verbannen –

Nicht, dass sie die richtigen Worte dafür gekannt hätte, aber sie wussten alle, was sie wollte. Del, Jace und Blue wussten, dass Stacy diese Option gewählt hätte, wenn es ein Wolfshandbuch gäbe.

Als sie den Pass überquerten, der die äußerste östliche Grenze bildete, blieben alle drei stehen, wandelten und starrten die Frau an, die kaum zehn Meter von ihnen entfernt gewandelt hatte. Der feine Schnitt an ihrem Hals blutete noch immer.

Jace richtete sich auf, die Autorität des Alpha umgab ihn so deutlich, als hätte er einen Umhang umgelegt. „Emma Wilson, du gehörst diesem Rudel nicht mehr an. Du bist weder auf diesem Land willkommen, auf dem unsere Wölfe umherstreifen, noch in den menschlichen

Gebieten. Das gesamte Territorium ist verboten für dich, und das Rudel wird informiert. Wenn du uneingeladen auftauchst, stirbst du."

Sie fletschte die Zähne, ihr Knurren eher tierisch als menschlich.

„Eine Hüterin des Rudels hat dir das bereits mitgeteilt." Del sagte es leise, aber in seiner Stimme klang Stolz mit. „Also füge ich nur hinzu, dass, während Stacy ein Schwein in zwanzig Minuten zerlegen kann, mein Wolf es in zehn kann."

Ihr Blick flackerte einen Moment lang, dann wandte sie sich Blue zu. „Willst du mir auch drohen, Omega? Oder bist du nur mit deiner geschmacklosen Kleiderwahl in der Lage, jemanden zu verletzen?"

Macht sang auf dem Grat, ein scharfes Prickeln, bei dem sich Dels Haare aufstellten. Licht blitzte auf, und eine Sekunde später landete Emma auf ihrem Po am Boden.

Sie blinzelte heftig, ihr Gesichtsausdruck entsetzt, als sie Blue anstarrte. „Wie ..."

„Es ist nie gut, jemanden anzugreifen, wenn man nicht weiß, welche Waffe er bei sich trägt." Blues Ton war sanft, fast traurig. „Geh, Emma. Such dir einen Ort, wo du deine Wunden lecken und den Entzug hinter dich bringen kannst. Ich werde deiner Familie sagen, dass du dich melden wirst, wenn du dich wieder mehr ... wie du selbst fühlst."

Sie rappelte sich auf und hinkte davon. Sie sahen ihr nach, bis sie im Schatten der Bäume verschwand.

Jace drehte sich um. „Das war ..." Er wandte sich Blue zu und schüttelte den Kopf. „Was war das?"

„Unser Omega hat Geheimnisse." Del musterte seinen Cousin. „Da ich keine Taschen sehe, in denen du irgendwelche Taser oder Ähnliches versteckt haben könntest, willst du uns sagen, wie du das gemacht hast?"

„Es ist neu", erklärte Blue. „Ich glaube, Stephanie hat irgendwas mit mir gemacht."

„Das hättest du wohl gern", neckte Jace, als sie zurück zur Lodge gingen.

„Das auch", stimmte Blue zu, „aber meine Woowoo-Kräfte sind dieser Tage ein bisschen aus dem Gleichgewicht. Tut mir wirklich leid, dass ich die Jungs direkt in Emma habe laufen lassen. Ich hätte es wissen müssen. Normalerweise hätte ich es gewusst. Aber ich sehe die Zukunft nicht mehr wie sonst."

„Du hast deine Voraussicht verloren und kannst dafür Blitze werfen?" Del schüttelte den Kopf. „Dafür muss es einen Grund geben. Aber mach dir keine Vorwürfe. Keiner von uns wusste, dass Emma was damit zu tun hatte, und ich habe drei Wochen lang die ganze Stadt durchforstet. Ich hätte irgendeinen Hinweis finden sollen."

„Gott sei Dank hat Jessica uns nicht alle vergiftet." Jace nickte Del zu. „Das haben wir Stacy zu verdanken. Sie hält das Herz des Rudels in ihrer Hand, und das hat uns diesmal den kollektiven Arsch gerettet."

„Mein Herz hat sie auch da", sagte Del leise. „Ich muss zurück."

Sie wandelten und rannten los. Eine andere Art von Dringlichkeit trug Del voran. Das Bedürfnis, dort zu sein, das Bedürfnis, bei seinem Rudel, seiner Familie zu sein. Seiner Gefährtin.

Es war, als wäre ein Faden zwischen ihnen zu weit gespannt worden, und mit jedem Schritt, den er sich der Lodge näherte, fühlte er sich ein bisschen vollständiger. Zufriedener.

Mehr ... Delaney Vezina.

Kein Alpha oder Rudelführer. Kein Anwalt oder Geschäftsmann oder irgendeiner dieser Titel, für die er so hart gearbeitet hatte. Er war einfach ein Wandler, der eine Gefährtin hatte, die ihn liebte –

Guter Gott, er hoffte, dass dem so war.

Sie schafften es zurück zur Lodge, und er wandelte zurück, als seine Pfoten die Verandastufen berührten.

„Del."

Stacy stand neben den Stühlen, auf denen sie vor ein paar Wochen gesessen hatten, um über das Daten zu sprechen. Er ging zu ihr und drückte sie an sich.

Sie klammerte sich fest an ihn, küsste sein Gesicht, streichelte ihn, bis er schließlich nach Luft rang. Er war zu sehr damit beschäftigt gewesen, sich zu versichern, dass es ihr gut ging, um überhaupt zu atmen.

Er starrte ihr in die Augen. „Die Jungs – Ace. Wie geht's ihnen?"

Sie lachte leise und gab ihm dann eine Jogginghose. „Ihnen geht's gut. Sie sind wahrscheinlich noch in der Küche und essen viel zu viel Nachtisch. Und sie wollen dich sehen, aber ich habe ihnen gesagt, dass ich zuerst mit meinem Gefährten sprechen muss. Dass wir ein paar Dinge für das Rudel erledigen müssen und du dir was anziehen musst, weil wir hier nicht alle Wölfe sind, aber dass wir sie später ins Bett bringen würden. Zusammen."

„Gut. Das ist gut." Er erstarrte, einen Fuß in der Hose, einen noch draußen, ihre Worte schossen durch seinen Kopf. „Deinem ... Gefährten?"

Sie nahm sein Gesicht in die Hände. „Es ist ziemlich klar, dass ich heute einige Entscheidungen getroffen habe. Ich habe mich entschieden, eine Hüterin zu sein. Ich habe mich entschieden, meine Fähigkeiten so einzusetzen, wie ich es für richtig gehalten habe, und du hast mich unterstützt."

„Du warst ..." Er schauderte einen Moment lang und zog sich dann schnell an. „Du bist so verdammt heiß, wenn du eine toughe Hüterin bist."

Stacy lachte und berührte seine Stirn mit ihrer. „Das bin ich gern. Aber ich glaube auch, dass ich bereit bin, deine Gefährtin zu sein. Wenn das okay ist."

„Mehr als okay", sagte er begeistert. Er wirbelte sie herum, und tief in ihr loderte Glück auf. Als er ihre Füße wieder auf den Boden stellte, küsste er sie zärtlich. Nur ein Versprechen von dem, was kommen würde. „Ich bin froh, dass du und die Jungs in Sicherheit seid. Ich erzähle dir später alles darüber, was passiert ist, nachdem du Emma verbannt hast. Aber zuerst muss ich die Jungs sehen."

Sie gingen in die Lodge und trafen wieder auf einige der Leute der Timberwolf Lodge, einschließlich Jessica, die an der Tür stand.

Sie drehte sich zu ihnen um und sah Del mit hängenden Schultern in die Augen. „Ich habe es Stacy schon gesagt, aber es tut mir so leid."

„Sieht nicht so aus, als gäbe es viel, wofür du dich entschuldigen müsstest", bemerkte Del leise. „Du warst in einer schwierigen Situation, du hast die richtige Entscheidung getroffen."

Jessica schnaubte. „Das hat Stacy auch gesagt. Ich weiß das wirklich zu schätzen und werde weiter gute Entscheidungen treffen. Damit ist alles raus, und ich kann ein neues Kapitel anfangen – ich habe die Nachricht in Stacys Schublade gelegt, weil Emma mich dazu erpresst hat. Außerdem war es eine Lüge, dass ich kein Wasser in meiner Wohnung hatte. Ich wollte mich von Emma fernhalten, damit sie nicht bemerkt, dass ich mich dazu entschlossen hatte, ihre Befehle zu ignorieren."

Del nickte.

„Jessica hat erzählt, dass Emma im Rudel heimlich Lügen verbreitet hat. Das ist wahrscheinlich der Grund für die Probleme mit der WMA und für die Teenager, die versucht haben, sich mit mir anzulegen." Stacy legte eine Hand auf Jessicas Arm. „Das ist alles vorbei. Du hast das Richtige getan, als es darauf ankam."

Jessicas Augen waren glasig von Tränen. „Von jetzt an tue ich immer das Richtige."

„Gute Entscheidung." Del fügte den Worten die Anerkennung seines Wolfs hinzu, und Jessica holte tief Luft und entspannte sich vor ihren Augen. „Du bist jetzt ein Teil der Timberwolf Lodge. Wir freuen uns darüber."

Als Jessica ihm spontan um den Hals fiel, riss sie ihn fast um. Del lachte immer noch, als Jessica Stacy genauso fest umarmte und dann mit erhobenem Kopf ging.

Cassidy löste sich von Jace' Seite und sagte: „Del. Danke."

„Ich habe nichts getan."

Sie nickte in Stacys Richtung. „Du hast eines der schwierigsten Dinge getan. Du hast dich zurückgenommen und sie ihre Arbeit machen lassen."

„Sie hatte die Situation voll und ganz im Griff. Es hat Spaß gemacht, ihr zuzusehen", sagte Del sanft, seine Finger immer noch mit denen seiner Gefährtin verschränkt.

„Um euch auf den neuesten Stand zu bringen, der Rest unserer Gäste ist nach Hause gegangen, wahnsinnig begeistert von der Timberwolf Lodge und noch mehr begeistert über die Führung des Rudels." Cassidy ging mit ihnen in die Küche. „Ich nehme an, das sind diejenigen, die ihr gesucht habt?"

Sie traten durch die Tür und wurden von kleinen Jungen mit Kürbiskuchen an Fingern und Lippen umringt. Del spürte es auch, weil er klebrige Küsse von Blaze und Ace und eine feste Umarmung von Colt bekam.

„Alles gut?", fragte Stephanie von der anderen Seite des Küchentischs. Sie hielt eine große Tasse Tee in der Hand und sah zufrieden aus.

Del ließ den Blick schweifen; über seine Gefährtin, seine Jungs. Über die Männer, die jetzt wieder gute Freunde waren. Starke Frauen wie Steph und Cassidy, die das Rudel in die richtige Richtung lenkten – nicht nur mit ihrer Stärke, sondern auch mit starken Beziehungen.

Er senkte sein Kinn und nickte. „Könnte nicht besser sein."

OBEN in ihrer Suite hatte Stacy alles, was sie wollte. Drei kleine Jungs, sauber geschrubbt, aber schon wieder ein bisschen verschwitzt – wie machten Jungs das?

Ein Mann – ihr Mann – saß auf dem Bett, ein Buch in der Hand, und las ihnen laut vor, wobei er seine Stimme für alle Figuren in der Geschichte verstellte. Del hatte sichtlich Spaß, mit Colt über seiner Schulter, Blaze wie eine Klette an seiner Seite und Ace auf seinem Schoß.

Das Buch war kaum zu Ende, als Blaze trällerte: „Mr. Del, kann ich dir einen Wolfswitz erzählen?"

Del sah ihm in die Augen. „Natürlich."

„Okay, Also Rotkäppchen geht durch den Wald und trifft hinter einem Gebüsch den bösen Wolf. Fragt Rotkäppchen: ‚Du, Wolf, warum hast du so große Augen?' Darauf der Wolf: ‚Nicht mal in Ruhe aufs Klo gehen kann man hier.'"

Die Jungs heulten alle.

Del begegnete Stacys Blick durch den Raum. „Ihr wisst, dass eure Mama und ich Gefährten sind, ja? Erinnert ihr euch, dass wir euch das erzählt haben?"

„Aber ihr datet." Ace senkte sein Kinn. „Und wir können nicht mitkommen."

Amüsiert lächelte Stacy. „Nun, nicht immer", stimmte sie zu.

„Aber ich will damit sagen", sagte Del, „da eure Mutter und ich Gefährten sind, müsst ihr mich nicht mehr Mr. Del nennen. Nicht, dass ihr das sowieso oft getan hättet."

Überraschung leuchtete in ihren Augen, während die Wahrheit auch in Stacy etwas zum Leuchten brachte. An diesen Teil hatte sie noch gar nicht gedacht.

Del offensichtlich schon, und er hielt den Blickkontakt mit ihr, während er fortfuhr. „Ich denke, ich weiß, wie ich gern von euch genannt werden würde, aber es muss für euch und eure Mutter funktionieren. Habt ihr eine Idee?"

„Du kannst nicht unser Onkel sein, denn unser Onkel ist der, den Tante Steph liebt." Blaze runzelte die Stirn, dann strahlte sein Gesicht. „Hey, weißt du was? Tante Cassidy nennen wir Tante, also können wir Mr. Jace jetzt Onkel nennen. Cool."

„Sehr cool", nickte Stacy. Sie lächelte Del an. „Ich denke, vielleicht sollten wir hören, wie du gern genannt werden würdest. Denn mir fallen viele Variationen ein, aber es sollte eine sein, die dich auch glücklich macht."

„Ich habe die Antwort", sagte Colt leise. „Wenn es dir nichts ausmacht, finde ich, Blaze sollte dich Dad nennen. Oder Daddy, aber es wäre schön, wenn Ace dich so nennen könnte."

Ace stand mit offenem Mund da. „Ich hatte noch nie einen Daddy", flüsterte er ehrfürchtig.

„Ich kann einen Dad haben? Oder einen Daddy?" Blaze verzog das Gesicht. „Du kannst Daddy haben, Ace. Ich mag Dad lieber."

„Okay." Ace kletterte auf sein Bett und hob die Arme. „Deck mich zu, Daddy." Er nickte Colt zu. „Ja, das gefällt mir."

„Mir auch." Dels Stimme klang unglaublich glücklich. „Colt? Was ist mit dir, Kumpel?"

Ihr Ältester lächelte. „Ich mag Dad auch, aber ich mag es auch zu wissen, dass du unser *Vater* bist und nicht nur ein Mentor."

„Ich war nie nur euer Mentor", sagte Del und drückte Colt einen Kuss auf die Stirn. „Ich habe immer gehofft, euer Vater zu werden."

Es dauerte eine Weile, aber irgendwann sagten sie schließlich gute Nacht, dann gingen sie durch das Wohnzimmer in ihr Schlafzimmer.

Ihr gemeinsames Schlafzimmer. Stacy blieb in der Tür stehen, als ihr auch diese Wahrheit bewusst wurde.

Del schmiegte sich an ihren Rücken und beugte sich hinunter, um ihre Schulter zu küssen. „Alles okay?"

Sie drehte sich in seinen Armen um und lächelte. „Alles ist perfekt." Sie griff an ihm vorbei und schloss die Tür ab, dann zwinkerte sie. „Wir schließen sie bald wieder auf."

„Nicht zu bald", flüsterte Del, als er sie in seine Arme nahm.

Nach allem, was sie erlebt hatten, war es anders, wieder Liebe zu machen. Intensiver, auch wenn sie gewusst hatte, dass er sie mochte. Sie wollte. Er vertraute ihr und vertraute auf ihre Fähigkeiten ...

Der Gedanke jagte ihr einen Schauer über den Rücken.

Oder vielleicht war es seine Zunge, die sündige und wunderbare Dinge mit ihren Brüsten anstellte.

Sie waren zusammen, vereint, und die Hitze der Leidenschaft brandete heftig und schnell auf, als Del ihr etwas auf die Haut flüsterte. „Bereit, meine Gefährtin zu sein? Bist du dir sicher?"

„Ja. Und ich weiß schon, dass Zähne involviert sind." Sie holte tief Luft, als er seine Hand über ihre Klitoris gleiten ließ und sie liebkoste. „Oh, Del. Tu es."

Er lachte. „Meinen Schwanz hast du schon."

Sie lachten, und als er schließlich seinen Mund über ihre Schulter wandern ließ und fest zubiss, überflutete die Woge der Lust, die in ihrem Innersten begann, ihren Körper, bis der Raum voller Lichter und Musik war. Ein ganzes Orchester aus Endorphinen und sinnlicher Befriedigung.

Del stöhnte ihren Namen und vergrub sich dann tief in ihrem Körper. Sie hielt ihn, strich mit ihren Händen über seine starken Schultern, berührte ihn, wie er es mochte, während er ihr immer wieder sagte, wie sehr er sie liebte. Wie wichtig sie und die Jungs ihm waren und dass er immer da sein würde –

Stacy keuchte.

Er zog sich erschrocken zurück. „Was ist? Geht's dir gut? Hast du die Jungs gehört?"

Sie schüttelte den Kopf, das Prickeln in ihrer Schulter pulsierte im Takt ihres Herzschlags. „Ich habe es nie gesagt."

„Was gesagt?" Del rollte sich auf die Seite, immer noch mit ihr vereint.

Sie war so albern. „Ich kann es nicht fassen. Ich meine, ich weiß, dass du es weißt, aber ich muss es aussprechen."

Sie setzte sich aufrecht hin und ignorierte ihre Nacktheit. Sie war die Gefährtin eines Wolfs, und manchmal musste man einfach seine Komplexe überwinden. „Delaney Vezina. Ich. Liebe. Dich."

Sein Lächeln erhellte den Raum, und er saß neben ihr und strahlte über das ganze Gesicht. „Nun, das ist praktisch, wenn man bedenkt, dass wir Gefährten sind und so. Und wir werden eine Familie großziehen, also ist die Tatsache, dass ich die Jungs liebe, auch praktisch."

Seine Belustigung wuchs immer weiter, aber sie war noch nicht fertig. „Ich habe es gesagt. Jetzt bist du dran."

Del blinzelte. „Habe ich es noch nicht gesagt? Ich hätte schwören können, dass ..."

Stacy stürzte sich auf ihn. Sprang ihn an wie eine Wölfin.

Als sie ihn unter sich hatte und rittlings auf seinem Oberkörper saß, verschränkte sie die Arme vor ihrer Brust. „Dir scheint dein Stichwort entgangen zu sein."

Er bewunderte ihre nackten Brüste. „Glaub mir, Darling, mir entgeht in dieser Position nicht viel."

Stacy kicherte. „Du bist böse."

„Ich bin der große böse Wolf, der kommt, um dich zu fressen", warnte er.

Sie beugte sich vor und küsste ihn, rieb sich an ihm und machte ihn verrückt. „Kein Reden, bis du es sagst, Mr. Del."

Sein Blick wurde weicher, die Belustigung verging. „Nicht, Mr. Del. Nicht für die Jungs, nie für dich. Nenn mich Darling, oder Sweetheart oder Honey oder Sugar. Aber am liebsten hätte ich, dass du mich Liebling nennst."

Ihre Kehle schnürte sich zu, und sie drückte eine Hand auf seine Lippen.

„Denn das ist es, was wir haben. Ich liebe dich, Stacy.

Ich bin so froh, dass du das Risiko mit mir eingegangen bist." Er strich mit den Fingern über das Mal, das er an ihrem Halsansatz hinterlassen hatte. „Meine Liebe, meine Gefährtin. Meine."

20

Ende September war gekommen. Blue schaukelte auf der Hollywoodschaukel, starrte auf die fernen Berge und vermied tiefschürfende Gedanken. An manchen Tagen schmiedete er Pläne, an anderen handelte er, und an manchen war er still und lauschte. Das hatte ihm sein Mentor mal gesagt.

Blue wusste, dass sein Weg als Wolf ganz anders war als der von Jace oder Del. Es bedeutete im Grunde, dass er, wenn ihn etwas pikste, ganz an den Anfang zurückkehren und das tun musste, was ihm als das Beste für einen Omega-Wolf beigebracht worden war.

Dasitzen und zuhören.

Im Wind lag ein Hauch von Kälte, die von den Gletschern auf der anderen Seite der Berge bis zur Timberwolf Lodge getragen wurde. Der Winter kam. Die Zeit verging.

Stephanie gehörte noch immer nicht ihm …

Er stöhnte, schloss die Augen und lehnte sich zurück. „Nicht das, was ich hören will", schnaubte er.

„Hast du einen Ohrstöpsel im anderen Ohr?" Die

Schaukel bewegte sich, als sich jemand zu ihm gesellte. „Denn ich höre nichts.”

Blue riss die Augen auf und drehte seinen Kopf nach rechts. „Wie konntest du dich so an mich heranschleichen?”, beschwerte er sich, geschockt, dass sein Wolf es zuließ, dass sich irgendjemand so an ihn heranschlich.

Andererseits war es Steph. Sein Wolf war ihr schon vollkommen verfallen.

Sie hob eine Hand vor sein Gesicht und bewegte ihre Finger. „Vielleicht bin ich magisch.”

Sie *war* magisch. Hatte ihm auf magische und richtige Art und Weise den Boden unter den Füßen weggezogen. Selbst während er eine Weile mit ihr scherzte, rang Blue mit einem „das ist gut so”- und einem „das ist scheiße”-Gefühl.

Als Stephanie ihren Kopf auf seine Schulter legte, zischte für den Bruchteil einer Sekunde etwas über Blues Haut bis zu seinem Nacken. Es war verschwunden, bevor er es richtig analysieren konnte. Steph schien es nicht zu bemerken.

Also neigte er seinen Kopf so weit, dass sie sich sanft berührten, jetzt von der Hüfte bis zum Kopf, während sie auf die Berge starrten.

Verbunden ... aber noch nicht.

Es würde passieren, wenn es passieren sollte. Dessen war er sich sicher.

Lieber Gott, lass ihn nur nicht zu lange warten, sonst würde er sich in ein Bündel pelziger Frustration verwandeln. Kein guter Zustand für einen Omega-Wolf. Er würde am Ende das ganze Rudel verrückt machen.

Aber hier und jetzt nahm Blue das kleine bisschen

Zuneigung, das Stephanie ihm ohne Zögern gab, und genoss es.

Er stieß sie sanft mit dem Ellbogen an. „Das ist schön."

„Ja", sagte sie, und ihre langen, langsamen Atemzüge passten sich seinen an. „Das ist es."

Sie lächelten einander an.

Blue starrte ihr in die Augen. Manchmal dachte er, er sollte einen Preis für seine unglaubliche Geduld gewinnen. Und dann sah sie ihn mit diesen großen, strahlend blauen Augen an, und er wusste, er würde ewig warten, wenn es sein müsste.

Sie zwinkerte. „Es ist so schön und friedlich, und das bedeutet, dass jeden Moment was passieren wird und uns alles um die Ohren fliegt."

„Oh, du strahlende Optimistin."

„Das bin ich immer", stimmte sie zu.

In diesem Moment passierte die Explosion.

Ein gewaltiger Knall, der von den Gebäuden und den fernen Bergen widerhallte und in ihren Ohren dröhnte, als die Belustigung verschwand und beide aufsprangen.

Eine Rauchwolke stieg über dem Dach der Timberwolf Lodge auf.

ÜBER DEN AUTOR

Mit über 3 Millionen verkauften Büchern ist Vivian Arend eine *New York Times*-und *USA Today*-Bestsellerautorin von mehr als 70 zeitgenössischen und paranormalen Liebesromanen.

Ihre Bücher lassen sich alle einzeln lesen und haben keine Cliffhanger. Sie sind witzig, aber auch emotional, es gibt heiße Szenen und glückliche Enden. Für Vivian ist das der beste Job der Welt. Sie lebt in British Columbia, Kanada, zusammen mit ihrem langjährigen Mann – der Inspiration für alle Helden und einem bereitwilligem Gefährten auf Abenteuern aller Art.

https://vivianarend.com/de

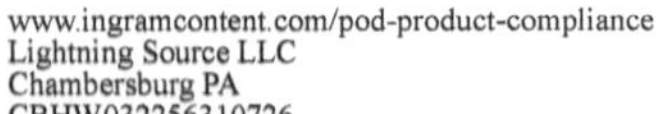

9 781998 508235